Comprada en cuerpo y alma
Susan Stephens

Bianca™

♦ HARLEQUIN™

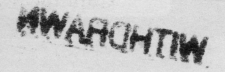

Editado por HARLEQUIN IBÉRICA, S.A.
Núñez de Balboa, 56
28001 Madrid

© 2007 Susan Stephens. Todos los derechos reservados.
COMPRADA EN CUERPO Y ALMA, N.º 1873 - 1.10.08
Título original: Bought: One Island, One Bride
Publicada originalmente por Mills & Boon®, Ltd., Londres.

I.S.B.N.: 978-84-671-6606-4
Depósito legal: B-36876-2008
Editor responsable: Luis Pugni
Preimpresión y fotomecánica: M.T. Color & Diseño, S.L.
C/. Colquide, 6 portal 2 - 3º H. 28230 Las Rozas (Madrid)
Impresión y encuadernación: LITOGRAFÍA ROSÉS, S.A.
C/. Energía, 11. 08850 Gavá (Barcelona)
Fecha impresion para Argentina: 30.3.09
Distribuidor exclusivo para España: LOGISTA
Distribuidor para México: CODIPLYRSA
Distribuidores para Argentina: interior, BERTRAN, S.A.C. Vélez
Sársfield, 1950. Cap. Fed./ Buenos Aires y Gran Buenos Aires,
VACCARO SÁNCHEZ y Cía, S.A.
Distribuidor para Chile: DISTRIBUIDORA ALFA, S.A.

Capítulo 1

EL ÚNICO momento en que se relajaba era cuando estaba allí, en la isla de Lefkis, pero ese día era diferente...

Alexander Kosta, ¿salvador de la isla? El alcalde, que se estaba dirigiendo a la multitud, lo estaba llamando así. Eso era mejor que la verdad, supuso Alexander. Un implacable magnate.

Alejó la mirada del pabellón cubierto por una lona para fijarse en el océano azul claro que se extendía más allá del muelle. Notó como el mar adquiría un tono esmeralda en la distancia, y como las casas color almendra confitada, que se apiñaban alrededor de la perfecta bahía en forma de herradura, se habían vuelto de un color más vivo con el sol previo al anochecer. La isla de Lefkis conservaba su belleza natural y cuando se había puesto a la venta él había estado al acecho.

Se fijaba en todo y ese día una joven lo había distraído. De pie en la proa de un viejo barco pesquero, el único defecto en un panorama de lo contrario perfecto, la chica lo estaba mirando. Él había dado instrucciones de que el muelle se limpiara de embarcaciones para dejar paso a los magníficos yates, pero aun así, ella seguía allí.

Ellie Foster, o Ellie Mendoras, como se hacía llamar en honor a su padre fallecido, de origen griego, había sido elegida por los isleños para ponerle voz a su protesta contra los planes de progreso que él tenía para Lefkis.

Volvió a mirar a la chica. Su sola presencia ya era un insulto. Vestida sin ninguna gracia con lo que parecía ser un mono, no podía haber marcado más contraste con las glamurosas chicas que lo rodeaban. ¿Y podía tener el ceño más fruncido?

Todos los demás le estaban sonriendo... Ahora que lo pensaba, la gente le sonreía todo el tiempo. ¿Por qué no iban a hacerlo? El carisma de una enorme riqueza desplegaba su magia allá donde iba. Alexander Kosta era el protagonista una historia de éxito que todo el mundo deseaba. Nacido en una casucha, había aprendido de muy joven que lo único seguro en la vida era la comida que ponía en su mesa y el único amor con el que podía contar era aquél que podía comprar.

Ahora podía comprar todo lo que quisiera, incluso una isla. Había añadido Lefkis a su archivo de propiedades como podría haber añadido un jarrón que codiciaba, propiedad de un hombre que en vida había sido tanto su mayor enemigo como su mayor estímulo. Se imaginaba una pequeña Dubai floreciendo allí donde una vez apenas había habido más que piedras y pobreza. Resultaba asombroso que la isla hubiera sobrevivido bajo el canalla de su predecesor, Demetrios Lindos.

La chica debería agradecérselo, pensaba Alex mientras la miraba. La carrera de lanchas motoras era el inicio de las mejoras que pretendía llevar a cabo. Habría hoteles, lujo, spas, centros comerciales... todo el mundo se beneficiaría, incluso esa alborotadora del viejo barco pesquero.

Al oír a algunos habitantes de la zona murmurar en contra de sus planes, Alexander tensó la mandíbula. Si no podían ver lo que estaba intentando hacer... si ella no les dejaba ver lo que estaba intentando hacer...

La joven estaba preparándose para desembarcar. Aunque estaba demasiado alejada como para que Alexander pudiera verle los rasgos con claridad, el modo en que tenía la barbilla alzada ya decía mucho. ¿En realidad intentaba enfrentarse a él? Tenía coraje. El mundo lo valoraba por todo lo que tenía y lo que podía comprar, y toda la gente escuchaba cuando hablaba. Ella debería estar arrodillada, llena de alegría por el hecho de que él hubiera llegado a tiempo de salvar esa isla de pacotilla.

Alexander vio a Ellie caminar con aire resuelto hacia él. Esa seguridad que vio en ella le caló hondo.

Como si estuviera leyéndole la mente, la multitud se volvió para mirar en la misma dirección. Él podía sentir la tensión ir en aumento. Volvieron a mirarlo, no sabían qué hacer. Habían probado parte de su generosidad durante la comida y el entretenimiento que les había ofrecido y querían más. A pesar de la determinación de la chica por interrumpir el evento, ellos parecían más que dispuestos a escuchar su plan.

Esa chica no era nadie; la multitud lo estaba acogiendo a él. La luz del sol bañaba la escena y ensalzaba los colores de los banderines que colgaban sobre su cabeza. El viento había amainado y convertido al océano en un lago cristalino. Ésa era su isla. Esa escena tranquila y bella le pertenecía. Ellie Mendoras había cometido su primer gran error, porque si buscaba problemas, ya los había encontrado.

Hacer dinero era la mayor habilidad de Alexander Kosta. Su única habilidad. Eso era lo que Ellie iba diciéndose con desdén mientras caminaba sobre el muelle. A pesar de todo lo que había conseguido, no estaba satisfecho. Aún tenía sed de conquistas, aún buscaba el próximo desafío, la próxima adquisición.

¿No podía mantener sus codiciosas manos alejadas de Lefkis? Había jurado apartarlo de allí antes de que los tentáculos de su imperio succionaran la vida de la isla que tanto amaba.

Pero incluso mientras Ellie soñaba con derribar al magnate griego, su corazón se rebelaba y le lanzaba una advertencia. Ella no era valiente. Vivía tranquilamente en la isla que amaba, rodeada de gente amable que la había ayudado a recuperarse después de que una terrible experiencia en Inglaterra casi la hubiera destruido.

Razón por la cual ahora tenía que ayudar a esa gente. Y así, con aire resuelto, avivó el paso. Tal vez los isleños habían pensado erróneamente que era como su padre, Iannis Mendoras, un auténtico héroe, pero no les defraudaría. Enfrentarse a un gigante parecía imposible, pero ella estaba decidida a no deshonrar el nombre de su padre.

Alexander Kosta había atraído a toda una multitud; la plaza del mercado estaba abarrotada de visitantes y de lugareños. Ahora podía ver a ese hombre con claridad.

Y el verlo le cortó el aliento. Ellie tuvo que admitirlo, muy a su pesar. El corazón le latía a un ritmo ridículo; no sólo era el físico de Alexander lo que la había desconcertado, sino también el poder que irradiaba.

Rehuía a los hombres después de su experiencia en Inglaterra y ese Alexander Kosta era descaradamente masculino. Pero ahora los lugareños se estaban arremolinando a su alrededor, animándola a actuar. Dependían de ella y no podía darles la espalda...

El rostro de Alexander se endureció cuando terminó su discurso y las mujeres, o «pájaros del paraíso», como las llamaba al pensar en ellas, lo rodearon. Los vestidos de seda de las chicas ondeaban al viento. Su fabuloso yate, el Olympus, había atraído a todas las mujeres en edad de merecer independientemente del hecho de que ya pudieran estar unidas a algún tonto que se hubiera dejado atraer por sus sonrisas de porcelana o sus pechos aumentados artificialmente. Obtenía un perverso placer al ver los juegos de los pájaros del paraíso, pero sobre todo le gustaba verlas titubear cuando se daban cuenta de lo mucho que él las despreciaba.

Cuando la multitud rompió en aplausos, él se quitó de encima a esas mujeres. No quería sus besos al aire. Estaba más interesado en mirar victorioso hacia la cima del acantilado donde la gran y vieja casa de Demetrios Lindos estaba siendo demolida piedra por piedra. Reconstruiría la casa donde su joven esposa le había vendido su cuerpo a un anciano, pero antes de hacerlo la arrasaría y se quedaría de pie entre las cenizas.

Se vio obligado a dejar de mirar cuando Ellie Mendoras se unió a la multitud y las voces de protesta volvieron a alzarse en su contra. Entendía las razones, aunque eso no la disculpaba. Demetrios Lindos había sido un cruel tirano que no había sacado a la isla de la pobreza, y algunos de los habitantes temían que él pudiera ser peor. Ahora ese miedo era el que estaba hablando. Pero eso no debilitaría su decisión; las mejoras que pretendía llevar a la isla se llevarían a cabo.

Alexander miró hacia el viejo barco pesquero; le enervaba más que el descontento de la gente. Ellie había heredado el barco de su padre y, según sus fuentes, la había reformado concienzudamente para albergar turistas y hacer excursiones. Podría dirigir esos viajes en barco perfectamente bien desde el nuevo amarradero que él le había ofrecido. No le dejaron ocupar uno de los preciosos amarraderos en la zona más profunda porque todos estaban ya reservados.

Alexander sofocaría su rebelión antes de que se extendiera como una infección. Tomó esa decisión mientras miraba a Ellie. Algunos podrían pensar que ése era un problema demasiado pequeño como para preocuparlo, pero la experiencia le había enseñado que un problema pequeño con una chica del lugar podía alcanzar mayores proporciones si lo ignoraba.

Ella ya se encontraba justo detrás de la multitud, desde donde sus ojos ardían desafiantes mirándolo. ¿Ellie Mendoras, una guerrera del medioambiente, contra Alexander Kosta? Él frunció los labios con gesto divertido, las confrontaciones le gustaban. Aquella situación no tenía término medio; él era el enemigo mientras que ella era la verdadera salvadora para su gente... y eso deparaba muchas posibilidades.

A medida que Ellie se acercaba, Alexander se enfurecía más. Había declarado un día de fiesta y la mayoría de la gente se había tomado las molestias de ponerse elegante. Ella, sin embargo, seguía con su ropa de trabajo, y de no ser por su cabello caoba aclarado por el sol que le llegaba casi hasta la cintura, podrían haberla confundido con un chico. Lo único que evitaba que resultara completamente asexual era el cautivador fuego de sus ojos que estaba dirigido únicamente a él.

La observó mientras intentaba, sin éxito, abrirse camino entre la multitud. Había un grupo de los seguidores más incondicionales de Alexander justo delante. El rostro de Ellie adquirió un gesto de desaprobación. Su ejército la había abandonado. La mayoría de la gente se sentía intrigada por la visión de futuro de Alexander. ¿Por qué a ella no le entraba en la cabeza que la idea de Alexander era la única posibilidad de traer riqueza a Lefkis?

Se obligó a olvidarse de Ellie Mendoras. Tras lanzar una última mirada hacia la pequeña y decidida figura que intentaba mirar por encima de los hombros del gentío, la ignoró por completo.

La frustración presionaba el pecho de Ellie como si se tratara de una banda de acero. Había mucha gente allí que, a juzgar por sus ropas caras, no tenía nada que perder por hacerle la pelota a Alexander Kosta. Los habitantes de la isla corrían el peligro de que se les ignorara si no actuaba pronto. Tenía que encontrar el modo de llegar al escenario y arrebatarle el micrófono a Alexander Kosta. Tenía que asegurarse de que la denuncia de sus vecinos era escuchada.

La adrenalina subía, la animaba a actuar, pero el estrado estaba custodiado por personal de seguridad...

Tenía que esperar. Tenía que moverse con lentitud y no olvidar todo lo que estaba en juego. El tipo glamuroso junto al que ahora se encontraba no tenía ningún interés en la cultura local. Lo único que querían era llenarse los bolsillos a costa de sus vecinos. Absorberían la isla y luego se marcharían al próximo destino novedoso. Tenía que hacerles entrar en razón. Tenía que hacerle ver al hombre que se escondía tras ese monstruoso plan...

Se detuvo para intentar calmarse antes de llegar a un lado de la plataforma. Alexander Kosta, un hombre de unos treinta y cinco años presidía el escenario. Sólo con su carisma podía intimidar a toda una multitud. ¿Qué posibilidades tenía de enfrentarse a él?

Susurros de personas que no podía ver la animaban a continuar. Eso era lo único que necesitaba oír. Sus vecinos la necesitaban. Temían a Alexander Kosta y le estaban suplicando que hablara por ellos.

Ella también tenía miedo. Bajo esa sonrisa fácil y ese hermoso rostro podía sentir el hielo que Alexander Kosta guardaba en su interior. A ese hombre no se le podía contrariar, no podía enfrentarse a él. Era cierto que había sido dotado de un deslumbrante físico de estrella del cine, pero él no estaba actuando. Suponía que ese traje de lino se lo habían hecho a medida para que se acoplara perfectamente a su musculoso cuerpo, y bajo los botones abiertos del cuello de su ligera camisa blanca veía más de lo que hubiera querido ver de ese cuerpo bronceado que se ocultaba.

Se estremeció cuando la sorprendió mirándolo, pero luego se sintió agradecida cuando él apartó la mirada como indicando que su presencia no le importaba lo más mínimo.

Pero entonces Ellie, para su sorpresa, se dio cuenta de que quería que Alexander Kosta la mirara; quería que se fijara en ella. Era difícil no sentir fascinación por sus penetrantes ojos verde mar y su barba de tres días. Sus labios sensuales no tenían nada que ver con su fría expresión y tenía un aura de erotismo que la asustaba tanto como la intrigaba. Pero tenía que actuar, ya que nadie más estaba preparado para hacerlo. Su intención de llevar a los mares de Lefkis carreras de lanchas motoras avanzaba a pasos agigantados y nadie podía detenerlo. La multitud estaba hipnotizada por su casi mítica presencia, pero una sola voz podría producir un cambio y ese día esa voz sería escuchada.

–Vamos, Ellie...

Alrededor de ella se alzaban los murmullos y estaba a punto de actuar cuando el público aplaudió y Kosta sonrió. Cuando se pasó una mano por el pelo, pareció casi un chico pequeño... Pero Ellie sabía que era un despiadado magnate. A ella no podía engañarla.

Subió al escenario y Alexander Kosta reaccionó antes que sus guardaespaldas.

Ella se quedó paralizada a medio camino y entonces se hizo el caos. Las mujeres gritaron y se arremolinaron y los guardaespaldas se vieron atrapados en el tumulto.

–¡No me toquéis! ¡No os atreváis a tocarme! –gritó Ellie mientras retrocedía. La mirada de Alexander la aterrorizó. Sintió pánico ante su sobrecogedora masculinidad.

–¿Ahora ya no es tan valiente, eh? –comentó él con satisfacción.

–¿De qué le sirven sus guardaespaldas? –se burló ella.

–¿Qué quiere?

–Nada más que mi derecho a que se me escuche...

–¿Y así es como pretende conseguirlo?

–¿Cómo, si no, puedo hacer que me escuche? –era consciente de que estaba alzando la voz–. ¿Va a escucharme ahora?

–¿Ahora?

Ella se mantuvo firme.

–No se me ocurre mejor momento.

–¿Qué cree que va a conseguir con esto?

¿Qué había sido de todas las cosas que había planeado decir? Si al menos Alexander Kosta mirara hacia otro lado por un momento, ella podría calmarse y recobrar la compostura...

Pero no dejó de mirarla.

–Explíquese –le ordenó fríamente.

–Hablo en nombre de la gente de Lefkis...

–¿Su gente?

El tono despectivo de su voz fue todo lo que necesitó para reaccionar.

–No le importan lo más mínimo –dijo con vehemencia a pesar de haberse prometido que se mantendría fría y actuaría con sensatez–. Usted es igual que todos los otros oligarcas que visitan Lefkis en sus yates blancos...

–Habla demasiado para ni siquiera haber nacido en la isla –comentó él fríamente.

–Mi padre nació aquí. Él era...

–¿Pescador? Sí, lo sé. Y su madre una inglesa que lo abandonó.

–No fue así... –Ellie sabía que estaba perdiendo el control cuando era necesario que mantuviera las ideas claras. Pero cuando Kosta se atrevió a criticar a su familia...–. Mi madre tomó una decisión y yo lo respeto...

–¿Respeto? –alzó una ceja.

–Mi madre me enseñó lo que es el respeto –le respondió fríamente–, razón por la que me siento honrada del apellido griego de mi padre...

–¿Y por qué la han elegido a usted los vecinos para que hable en su nombre? Por lo que sé, su madre prefirió la ciudad antes que a su marido griego y usted no pisó esta isla hasta que ella murió...

El modo tan cruel en que estaba hablando de sus padres, a los que ella tanto quería, encendió toda su furia.

–Cuando llegué aquí me enamoré de la isla y de su gente –una parte de su cerebro directamente se negaba a aceptar que además había llegado allí huyendo de un antiguo amigo de su madre que la había atacado.

Tenía que ganarse a esa mujer. No podía ignorarla, aunque sinceramente deseaba poder hacerlo. La gente de la isla confiaba en ella, incluso la quería. Era la llave para abrir la isla y hacer que su idea de progreso fuera aceptada. Cuando el padre de Ellie se había perdido en el mar, los vecinos la habían adoptado. Ese día

Ellie Mendoras no se había convertido en la huérfana que ella habría imaginado, sino en la amada hija de una familia de luto; una familia que englobaba a todas las almas que vivían en Lefkis.

–¡Usted no es de aquí! –perdió el control, lo cual no era nada propio de él–. Ni siquiera eres griega.

–¡Mi padre sí es de aquí! –le respondió furiosa.

–Ahora Lefkis me pertenece –le recordó.

–¡No me asusta!

¿Es que esa chica no sabía cuándo estarse callada?

–¿En serio? –le preguntó en tono amenazador–. Entonces tal vez sí debería hacerlo.

Un escalofrío recorrió a Ellie mientras lo miraba. No se había imaginado que pudieran enzarzarse en semejante pelea, había pensado que los guardaespaldas se la llevarían en cuanto hubiera comenzado a hablar. Pero había cierta pasión entre ellos; el aire hervía cargado de tensión. Ellie se mantuvo en guardia, con la cabeza bien alta; sabía que Kosta tenía un objetivo y que estaba dispuesto a llevarlo adelante.

Pero ella también.

–Sobrevivimos a Demetrios Lindos y a usted le venceremos...

–Sus palabras son muy valientes, Ellie Mendoras, pero ¿dónde está ahora su ejército? –miró a su alrededor–. Me parece que esta gente no quiere quedarse estancada en el pasado con usted y con Demetrios Lindos.

Ellie se sonrojó. En lo que respectaba al pasado, Kosta tenía razón; una parte de ella siempre estaría anclada en su pasado.

–¿Por qué se queda en la isla? ¿Qué significa para usted?

«Es mi santuario», pensó Ellie inmediatamente, pero eso no se lo diría de ninguna manera.

—Lefkis era el hogar de mi padre y ahora es el mío...

—Entonces si desea quedarse aquí, debería aprender a aceptar los cambios al igual que el resto de la gente.

—¿El cambio que usted propone?

—Así es, señorita Mendoras.

Por supuesto. El hombre que había comprado la isla podía hacer todo lo que quisiera con ella. Ellie se había sentido muy segura allí, pero ahora había demasiados extraños, gente que no conocía, hombres que no conocía...

—No tengo tiempo para esto —dijo él.

Ella se apartó bruscamente.

—No tengo ninguna intención de tocarla, señorita Mendoras.

¿Por qué le tenía tanto miedo?, se preguntó Alex. Fue en ese momento cuando se fijó en la cicatriz. Redonda y fea, sobre la mejilla; parecía como si alguien hubiera intentado dejar su marca en ella. Y cuando Ellie lo vio mirándola, agachó la cabeza y se cubrió la cicatriz con los dedos.

Él se dirigió a sus guardaespaldas:

—Ocupaos de las señoritas —les lanzó una mirada cargada de desdén a las mujeres que aún chillaban y seguían merodeando por el escenario.

Ellie sentía la boca seca. Alexander Kosta no necesitaba ningún guardaespaldas cuando podía dejarla paralizada con una simple mirada. Vio como a las mujeres que habían subido al escenario las hacían bajar como si fueran una manada de ovejas. ¿No debería sentirse segura al verlas? Alexander Kosta no la molestaría si se había llevado su propio harén.

Se obligó a dejar de trazar la cicatriz de su mejilla. No tenía duda de que Kosta no sólo la había visto sino que además habría pensado en cómo se la había hecho. Se sentía vulnerable. No quería que ese hombre supiera nada de ella. Tenía que ser fuerte y no permitirse ninguna distracción.

Pero esa cicatriz era una marca de su pasado... y lo peor de todo era que había admirado y confiado en el hombre que la había atacado. Había sido amigo de su difunta madre y muy amable con ella; uno de los primeros en ofrecerle su amistad cuando su madre murió. Él fue la razón por la que había huido a Lefkis y, aunque no se parecía en nada a Alexander Kosta, le había provocado un miedo en los hombres que jamás se había disipado.

—Entonces, señorita Mendoras...

Ellie lo miró.

—¿Qué voy a hacer con usted?

Todo se había calmado en el escenario y se encontraban allí solos.

—¿Cómo sabe tanto de mí?

Mientras que sus sensuales labios se curvaban en una sonrisa de seguridad en sí mismo, sus ojos permanecían fríos.

—Mi trabajo consiste en saber todo lo que ocurre en esta isla.

—Entonces también sabrá mi intención...

—¿De hablar? Sí, lo sé. Pero no aquí y no hoy —y cuando ella empezó a hablar de nuevo, él añadió con tono firme—: Éste no es el lugar adecuado para una discusión tan agitada, señorita Mendoras...

—Si usted lo dice...

—Sí, yo lo digo.

Para su sorpresa, él le entregó una tarjeta.

–Creo que encontrará una forma mejor de hacerse oír –su voz adquirió un tono burlón–. Por ejemplo, podría concertar una cita llamando a mi secretaria...

Lo había subestimado en exceso. Se había imaginado en medio de una apasionada protesta en la que habrían intervenido todos los vecinos, pero ¿dónde estaban? ¿Se los había ganado Kosta con poco más de un parque para los niños y una inagotable reserva de comida y vino...?

Cuando un miembro de seguridad se le acercó, Ellie supo que había llegado el momento en que la echarían del escenario sin ningún tipo de miramiento.

El hombre la miró mientras le susurraba algo a su jefe y Kosta sonrió y sacudió la cabeza. Luego hizo un comentario en griego que ella no logró captar.

–Esto no es divertido, *kirie* Kosta...

–¿Me estoy riendo, señorita Mendoras? –le preguntó fríamente–. ¿He de recordarle que tengo que terminar mi discurso?

La multitud había esperado mucho tiempo y seguía en silencio. Ellie pudo comprobar que se sentían satisfechos de que él lo tuviera todo bajo control y estuviera ignorándola.

–¿Le digo a mi asistente que espere su llamada?

–¿Se reuniría conmigo?

–Es así de sencillo, señorita Mendoras.

Su ronco tono de voz provocó dentro de ella algo que Ellie intentó ignorar.

–No hay necesidad de todo este drama...

Ellie cerró los ojos, admitiendo la derrota. Pero ¿no era eso lo que quería? ¿Que Alexander Kosta se estuviera ofreciendo a citarse con ella? El ligero aroma picante de su colonia penetraba en su nariz haciéndole recordar lo cerca que estaban el uno del otro.

–Acepte mi oferta –dijo fríamente– o rechácela. No me importa.

La mirada de Ellie seguía posada en la tarjeta de visita.

–No voy a acordar nada con usted hasta que no me deje dirigirme a toda esta gente...

–¿Por qué querrían escucharla? ¿Qué podría ofrecerles?

Tenía razón, y Ellie tuvo que admitirlo con frustración.

–Si a nadie le importa Lefkis, como usted sugiere, ¿de qué sirve concertar una cita para verle?

–¿Tal vez porque a usted sí le importa? –le preguntó desafiante–. Ahora, ¿hemos terminado, señorita Mendoras?

La ira de Ellie fue en aumento al recordar la nota de desalojo que había recibido esa mañana. Los otros pescadores habían abandonado el muelle, pero ella se había quedado porque los demás le habían pedido que fuera la portavoz de la protesta. Ahora podía ver lo ingenua que había sido.

–Sí, hemos terminado. Ya he desperdiciado demasiado tiempo con un hombre que no se preocupa ni de esta isla ni de su gente...

–Hace demasiadas suposiciones respecto a mí. Y si pone fin a esta estupidez ahora, creo que lo mejor será que hablemos.

La garganta de Ellie se quedó bloqueada por el pánico cuando Alexander le hizo una señal a uno de sus hombres. El vello se le erizó al pensar en la posibilidad de que un hombre al que no conocía la tocara.

–Acompaña a esta jovencita al Olympus. Me ocuparé de ella cuando haya terminado aquí. La señorita Mendoras será mi invitada –añadió en el último momento.

La actitud del hombre hacia ella cambió de inmediato. Había recibido el mensaje de su jefe de que la tratara con respeto.

–No voy a ir a ninguna parte –dijo tercamente.

Estaba mirando hacia el yate y él podía ver el miedo reflejado en sus ojos. Bien. Las chicas como Ellie Mendoras tenían que aprender una lección. Un yate del tamaño del Olympus no era otro simple barco en el muelle, era como un país sujeto a unas reglas que él mismo marcaba. Ellie sabía que una vez subiera a bordo, quedaría alejada del mundo exterior.

–Prefiero estar en campo neutral –insistió.

–Me temo que no tiene elección –dijo él asintiendo hacia el guardaespaldas.

El haberle dado caza lo excitaba. Muy pronto pondría fin a esa protesta.

–No puedo... estar a solas con usted –dijo ella vacilante.

¿Ya estaba? ¿Ya se había rendido? ¡Seguro que no!

–Estoy seguro de que puedo dar respuesta a sus preocupaciones –le hizo una escueta señal con la cabeza a su hombre para indicarle que la tuviera vigilada.

Una ovación lo recibió cuando volvió al centro del escenario. Tuvo que esperar a que la multitud se calmara antes de poder hablar. Cuando lo hicieron, les pidió que tuvieran un poco más de paciencia y, tras bajar del escenario, le pidió a una mujer, a la que conocía y sabía que todos respetaban, que se uniera a él.

Ellie no pudo ocultar su sorpresa cuando Alexander regresó con Kiria Theodopulos. Era una de las señoras más mayores de la isla y todos la admiraban.

—¿Qué está haciendo? —le preguntó ella con recelo.

—Ya que necesita una carabina, he invitado a Kiria para que nos acompañe en el yate.

Ellie sintió un escalofrío por dentro.

—Vale, lo haré.

Capítulo 2

TIENE buena intención, pero se está equivocando, señorita Mendoras.

—Y usted es un plutócrata arrogante que presume de saber lo que es mejor para todo el mundo...

La atmósfera entre ellos estaba empeorando por momentos. Parecía que no pudieran habitar el mismo espacio sin que se tensaran los ánimos.

Ellie y Alexander se estaban enfrentando en su estudio a bordo del Olympus. Ella estaba de pie, rígida, a un lado de su escritorio, mientras que Alexander se encontraba al otro lado recostado cómodamente sobre una silla de piel.

Según Alexander, él era el único que sabía lo que era mejor para la isla. Ellie estaba furiosa. Alexander no estaba preparado para oír la opinión de nadie y mucho menos la suya. Tal y como había imaginado, el Olympus era más que una casa flotante; ese yate era el reino de Alexander Kosta, un reino que él gobernaba a su antojo.

—¿Por qué no se sienta y se relaja, señorita Mendoras?

—Estoy aquí porque tengo algo que decir, no para sentirme cómoda.

—Como quiera —dijo encogiéndose de hombros.

Viéndola sentada en silencio a cierta distancia de

ellos, Ellie fue consciente de que Kiria Theodopulos era su cómplice. Se sentía a salvo con ella, pero no pudo decir la mitad de las cosas que le hubiera gustado. Mostrar respeto por los valores tradicionales de la anciana implicaba que tenía que cuidar su vocabulario y pensar muy bien lo que decía.

—Señor Kosta...

—¿Sí, señorita Kosta? ¿O debería llamarla Ellie?

Cuando Kiria Theodopulos le hizo disimuladamente una señal asintiendo con la cabeza, Ellie supo que no tenía otra alternativa.

—Bien —dijo él—, pues en ese caso no me importa que me llames Alexander.

Se le podían ocurrir muchas otras cosas que llamarle, pero por ahora tendría que bastar con «Alexander».

—Bueno, dime en qué piensas.

¿La verdad? En el momento, muy poco. Se le había quedado la mente totalmente en blanco. Tutear a Alexander Kosta era demasiado para ella, pero podría soportarlo.

—Alexander, no puedes esperar abrirle Lefkis a todo tipo de visitantes y que eso no tenga consecuencias...

Se tomó su tiempo para responder y se rascó la barbilla antes de decir:

—Parece que sabes mucho sobre mis planes para la isla, Ellie —le dijo, aunque su expresión sugería todo lo contrario: que ella no sabía nada—. ¿De verdad te importa esta isla o la protesta que has dirigido hoy ha sido motivada por propio interés?

—¿Qué? —Ellie no podía creer lo que oía.

—Me parece mucha coincidencia que el día en que

te enteras de que vas a perder tu amarradero en el muelle lances una campaña contra mí...

Kiria Theodopulos se estiró como si hubiera querido intervenir.

—Por supuesto que me preocupa mi amarradero —dijo Ellie rápidamente intentando evitarle a la anciana un disgusto—. Perteneció a mi padre y a su padre antes que a él —sus ojos se volvieron de un helado color esmeralda mientras lo miraba retándolo a que la contradijera.

—Bueno, no puedo entender tus preocupaciones. ¿Qué le pasa al nuevo amarradero que te hemos dado al otro lado de la isla?

—¡Exactamente eso! Que está al otro lado de la isla. ¿Y eso por qué es, Alexander? ¿Acaso la flota pesquera resulta demasiada antiestética para tus nuevos visitantes? ¿Vas a realojar adonde nadie pueda verlos a todo aquél que no se ajuste a tu estilo de vida? ¿Qué harás si tus amigos ricos se quejan de la falta de colorido local? ¿Harás que nos vuelvan a poner donde estábamos?

Kiria Theodopulos asintió.

—Me aseguraré de pensar en lo que has dicho.

¡Sí, seguro! ¿Cómo iba a esperar que un hombre como Alexander Kosta entendiera que aquello que hacía único a Lefkis estaba a punto de desaparecer por culpa suya? ¿Que la cultura de la isla, al igual que el delicado equilibrio de la vida en el mar, dejarían de existir?

—No puedes seguir adelante sin consultarlo...

—Puedo hacer lo que quiera ya que la isla es mía. He estado investigando y he llegado a la conclusión de que el muelle de la zona profunda no puede ser desperdiciado. Sólo los ingresos provenientes de los yates de visitantes...

–Beneficios. Contigo todo se reduce al dinero...

–Ojalá pudiera permitirme el lujo de ser un idealista...

–Pero si lo eres –protestó Ellie–. ¿No lo ves? Podrías tenerlo todo...

–Creo que al final verás que lo que yo propongo, unas ideas razonadas y meditadas con calma, es lo mejor –insistió Alexander, sin dejar pasar la oportunidad de destacar que ella estaba perdiendo el control–. La influencia de visitantes significa que todos esos amarraderos que se encuentran en aguas profundas harán falta. Deberías estar agradecida, Ellie. El muelle en la zona poco profunda que he reservado para ti y para los otros barcos pesqueros será ideal para vuestro propósito.

–¡Eso es lo que tú dices!

–La decisión ya está tomada –dijo mirándola fijamente.

–¿No te importa que ese muelle haya sido un hogar para la flota pesquera durante siglos?

–Eso no es del todo cierto...

El rostro de Alex reflejaba triunfo y diversión, e incluso Kiria Theodopulos se estremeció ante ese último comentario. Ellie no conocía los hechos del todo; sólo hacía ocho años que vivía en Lefkis y ahora los ojos se le habían llenado de lágrimas porque adoraba su sencilla vida en la isla y no podía soportar ver que algo pudiera cambiar.

–No puedes acabar con una tradición que se ha mantenido durante generaciones y esperar que Lefkis conserve su encanto –señaló con más calma y aliviada al ver que Kiria asentía con la cabeza.

—Cuando necesite tu consejo, Ellie, me aseguraré de pedírtelo...

—¿Por qué ibas a molestarte si lo único que harías sería ignorarlo?

—¿Vuelves a prejuzgarme, Ellie?

—Alguien debería plantarte cara...

—¿Y esa persona eres tú?

—¿Por qué no? —preguntó alzando la cabeza mientras Alex se levantaba de la silla.

—¿Ellie Mendoras? ¿Un ejército formado por una sola mujer?

—Si es necesario, lo seré —fue una pena que en ese momento la voz le temblara.

Alexander se movió tan deprisa que ella dio un grito ahogado al verlo acercarse.

—¿Té? —preguntó él.

Le hizo la misma pregunta a Kiria y, tras recibir una respuesta afirmativa, le dirigió a Ellie una mirada triunfal. Oh, sí, todo parecía ir marchando tal y como Alexander Kosta quería.

¿Sería lo suficientemente fuerte como para hacerle frente? El tiempo lo diría. Por el momento, él parecía estar totalmente despreocupado por todo lo que había sucedido.

—¿Puedo hacerte una pequeña sugerencia? —le preguntó dejando claro que la haría independientemente de lo que ella pensara.

Cuando todos se sentaron junto a la pequeña mesa, Ellie no pudo más que inclinar la cabeza y forzar una sonrisa. Pero sus ojos le decían a Alexander todo lo contrario.

—No lances amenazas que luego no puedas cumplir, Ellie.

Lo dijo con un tono tan agradable que hasta Kiria sonrió.

Fue un alivio cuando el camarero puso la bandeja del té delante de ellos y Ellie tuvo la oportunidad de apartar la vista y mirar a su alrededor. Se había esperado que todo a bordo del yate de Alexander fuera de lo mejor, y lo era, pero era tan sobrio que resultaba aburrido. Como si, a pesar de su enorme fortuna, a Alexander no le interesara lo material.

Resultaba extraño, pero el interior del fabuloso yate reflejaba la austera vida de Ellie en su barco. Obviamente, el yate era más opulento, pero el ambiente en el que Alexander trabajaba y vivía era comedido, al igual que el espartano alojamiento de ella.

—¿Os apetece alguna otra cosa? —preguntó Alex mirando al reloj mientras ella se terminaba su taza.

La reunión había llegado a su fin, de modo que Ellie tenía que dejar claro cuál había sido el resultado.

—Sólo quiero asegurarme de que tendrás en cuenta las opiniones de los habitantes de la isla antes de realizar algún cambio que pudiera afectarlos.

—¿Qué te hace pensar que no voy a hacerlo?

A Alexander ya se le había pasado ese enfado inicial. De hecho, Ellie Mendoras había aparecido en el momento perfecto. Era la persona ideal para ganarse a algún posible disidente que quedara en la isla.

—Tienes cinco minutos para decirme a qué se debe tu preocupación —le dijo.

La paciencia no era su fuerte, pero en aquella ocasión merecía la pena tenerla. Además, la joven era bastante agradable a la vista y estaba decidido a averiguar todo lo que pudiera sobre ella. Sus fuentes iniciales no le habían servido de nada y los habitantes de la isla o no sabrían nada o tampoco se lo dirían; había llegado el momento de llevar a cabo su propia investigación.

Todo el mundo tenía su precio, incluso Ellie Mendoras. Eso era lo que pensaba Alexander mientras ella hablaba. Sí, se llevaría su barco destartalado al muelle que le había asignado y mantendría la nariz fuera de sus asuntos. Dirigió la mirada hacia Kiria. La presencia de la anciana le servía para prevenirles, tanto a Ellie como a él. Había visto a demasiados hombres de su posición verse atrapados por jovencitas que planeaban un encuentro con ellos para luego contar detalles íntimos inventados. La única decepción que él había sufrido había sido a manos de una mujer y no tenía intención de cometer el mismo error.

La mirada de Alexander volvió a Ellie, que seguía hablando. Apenas la estaba escuchando; más bien estaba celebrando en su interior el haberle desbaratado los planes con tanta facilidad. ¿Cómo se le había ocurrido pensar que podría enfrentarse a él y avergonzarlo delante de una multitud de gente que le debía su sustento? Resultaba gracioso que pudiera ser tan ingenua. Supuso que se debía a que se había escondido del mundo desde el día en que su padre se había ahogado en el mar.

Ingenua o no, había olvidado la primera regla de los negocios: él mandaba porque él era el que pagaba. No iba a cambiar de opinión ni sobre las carreras de lanchas motoras ni sobre la decisión de realojar a la flota pesquera... Había llegado el momento ir dando por terminada la reunión. Ya le había concedido sus cinco minutos.

–¿Cuándo dices que pretendes dejar tu amarradero?

–Yo no... –palideció–. No has estado escuchando nada de lo que he dicho, ¿verdad, Alex?

Se levantó.

–Creo que te importan más los famosos a los que puedes traer a Lefkis que la gente que vive aquí –dijo acusándolo.

Él ya había oído suficiente.

–No eres quién para hacer ese tipo de juicios. ¿Qué sabes tú de lo que pienso o siento?

–Me das lástima, Alexander...

–¿Ah, sí? –¿es que esa chica nunca se rendía?

Se dio la vuelta, le dio la espalda y se quedó mirando por la ventana. La continua rebeldía de Ellie le producía un cosquilleo. Le atraía como mujer y quería trasladar esa pasión a otro terreno.

–Esta reunión ha terminado –dijo fríamente. Fue una suerte que el sentido común tomara las riendas.

Estaba a punto de lanzar un ultimátum cuando su mirada se topó con la de Kiria Theodopulos. Bien... Por ella, sólo por el bien de la anciana, se mostraría en son de paz.

–¿No os explicó mi agente que además de reduciros el alquiler de vuestro nuevo amarradero, vais a recibir una compensación?

Él no se habría esperado esa reacción: con los puños apretados, Ellie fue hacia él.

–Puedes cambiar la vida de la gente de un plumazo, ¿verdad? Bueno, deja que te diga algo, Alexander, no vas a salirte con la tuya...

–Es una oferta perfectamente razonable –miró a Kiria en busca de apoyo, pero la anciana parecía ha-

berse quedado sorda en el momento más conve-
niente–. Vas a tener un amarradero...

–¿Que sería mejor para guardar una de esas monstruosidades tuyas que tanto combustible consumen y
que destrozan el medio ambiente?

Cuando la luz del sol tocó el cabello caoba de Ellie,
lo hizo resplandecer como el fuego. Alexander podía
imaginárselo extendido sobre una almohada..., pero
prefirió desechar ese pensamiento inmediatamente.

–Tengo que pensar en la economía de esta isla y en
la prosperidad que puede traerle una afluencia anual
de visitantes ricos y de sus barcos...

–¿Barcos? –lo interrumpió–. Estas cosas no son
barcos. ¡Con sus sistemas de navegación, los ordena-
dores y el piloto automático, navegar con ellos no re-
quiere ninguna habilidad! ¡Tú eres griego, Alexander!
¿Cómo puedes apoyar semejantes...?

–¿Monstruosidades? Cada vez más gente tiene yates de ese tamaño y no hay nada que puedas hacer
para cambiarlo.

Ella se mordió el labio y los ojos se le llenaron de
lágrimas. Por primera vez en su vida, quería retirarse
antes que luchar por la victoria.

Tras darle un momento para que recobrara la compostura, Alexander le ofreció un pañuelo limpio y cui-
dadosamente planchado.

–Venga, cálmate –le dijo bruscamente.

Tras sorberse la nariz sin ningún tipo de delicadeza, rechazó el pañuelo. Ladeó la cabeza con gesto
orgulloso y le dijo:

–Mi padre utilizó ese amarradero toda su vida. La
gente que vivía cerca del muelle lo conocía y lo quería
y ahora me conocen a mí...

Y estaba seguro de que también la querrían.

–Los tiempos avanzan, Ellie, y debemos avanzar con ellos...

–¿Entonces no te importa nada el patrimonio de esta isla? ¿Has comprado Lefkis y ahora es tuya para hacer con ella lo que quieras?

–Eso es –respondió, aliviado de que por fin lo estuviera entendiendo.

–En ese caso me horroriza pensar en las consecuencias –le dijo en tono grave.

–Será mejor que te expliques.

–Si Lefkis es el último juguete que te has comprado, ¿qué pasará cuando te canses de la isla, Alexander? ¿La tirarás a la basura?

–Esa pregunta no merece respuesta.

–Esto jamás habría ocurrido en la época de mi padre.

–En la época de tu padre no había ninguna clínica en la isla. No había hospital, no había escuela de secundaria y la gente moría de gripe antes de que el médico pudiera llegar desde otra isla. En la época de tu padre, Lefkis era una pobre pila de rocas donde la gente sobrevivía como podía...

–Pero aun así se quedaron aquí –le rebatió apasionadamente–. ¿Y por qué crees que lo hicieron, Alexander?

Antes de que pudiera decirle que esa conversación no los llevaría a ninguna parte, ella misma se respondió:

–Se quedaron porque Lefkis era su hogar, su comunidad, su familia. Se quedaron porque aman la isla tanto como yo. ¿Las fiestas son una costumbre reciente? No. Se llevan celebrando en Lefkis desde hace siglos. ¿Los turistas vienen para ver algún espectáculo diseñado para quitarles el dinero antes de que se marchen? ¿Son esta gente actores o unos charlatanes? –preguntó señalando a Kiria–. ¿Eso crees, Alexander? –lo miró fijamente–. Porque si eso es lo que crees, nunca merecerás que te llamen hijo de Lefkis, ni siquiera aunque seas el propietario de la isla...

–¿Has terminado? –preguntó fríamente–. Bien, entonces deja que te explique algo. Mi éxito se debe al hecho de haber creído en mí mismo. A eso y a mi sentido común. Esta isla va a cambiar. Traeré la carrera de lanchas motoras. Limpiaré el muelle de la zona profunda para acomodar embarcaciones más grandes. ¡Y no arriesgaré la futura prosperidad de Lefkis para teneros contentos ni a ti ni a algunos de tus vecinos! –ni tampoco para tranquilizar a Kiria Theodopulos, que le estaba dando la mano a Ellie.

Se quedaron mirando en silencio. Alexander había liberado más emoción en esos pocos minutos de la que había liberado en años. Y la emoción siempre había sido su enemiga.

Capítulo 3

PUEDES llevarte el té –le dijo Alexander al camarero del yate–. Ya hemos terminado.

–Yo aún no he terminado.

–Pues yo sí –le respondió fríamente. Pasó por delante de ella y abrió la puerta–. Acepta lo que te he dicho o de lo contrario volverás a tener noticias de mi agente. Me gustaría llevar esto de manera amistosa, pero…

Recibió el mensaje, no hacía falta que Alexander dijera nada más. Ya no se trataba ni del amarradero ni de la carrera de lanchas; ya se estaba cuestionando si dejarla o no permanecer en la isla.

Con furia en la mirada, fue hacia la puerta. Él se apartó para dejarle paso y al hacerlo percibió un ligero aroma a jabón, mar y aceite de motor. Fue algo que nunca olvidaría, le pareció una mezcla de aromas irresistibles.

–Adiós, *kirie* Kosta –dijo Ellie con tono formal. Y tras atravesarlo con una expresión cargada de ira, añadió–: Kiria, ¿nos vamos?

Él había olvidado que la anciana estaba allí; no se había fijado en otra cosa más que en Ellie. Tenía una mancha de aceite en la mejilla que volvió a centrar su atención en la fea cicatriz. Cuando Ellie movió la mano para cubrirla, Alexander vio vergüenza reflejada en sus ojos. Eso lo desconcertó. Incluso lo sensibilizó, un poco.

—Pide una cita si quieres volver a verme —dijo con brusquedad cuando las dos mujeres pasaron por delante de él.

—¿Cuándo puedo verte? —preguntó fríamente.

—Mi asistente lleva mi agenda —se negaba a sentirse presionado por una jovencita. Se la veía tan pequeña allí, al lado de Kiria Theodopulos... Por cierto, las buenas maneras griegas dictaban que tenía que acompañar a la anciana a la orilla, de modo que aquello aún no había acabado. Le ofreció su brazo a Kiria y cuando ella lo tomó, Ellie no tuvo más remedio que seguirlos.

Al llegar a la orilla, algo le hizo dirigirse a Ellie.

—Mañana celebraré una reunión. Deberías venir. Será territorio neutral —añadió con cierta ironía.

—¿Dónde? —preguntó con interés.

—En el ayuntamiento. A las once. Si no asistes, ya no tendrás una segunda oportunidad.

—Gracias.

—¿Hay algún problema? —le preguntó al darse cuenta de que seguía allí, sin moverse, con aire pensativo.

—Mi vestuario es un poco limitado.

—Mi secretaría podría dejarte algo para ponerte.

—Puedo comprarme mi propia ropa, pero gracias, *kirie* Kosta —respondió alzando la barbilla.

—Alexander —le recordó—. Y no tardes.

—Allí estaré —le aseguró conteniendo la emoción.

Era la oportunidad que había estado esperando, aunque era una pena, pensó él, porque no le serviría de mucho.

–Ellie…

–¿Sí?

Había estado a punto de ofrecerle un anticipo del dinero que recibiría por dejar el amarradero para que pudiera comprarse ropa formal, pero ¿por qué tendría que hacerlo? ¿Por qué ayudarla a salir de agujero en el que ella misma se había metido?

–Olvídalo.

–¿Mañana me dejarás hablar? –preguntó ella con desconfianza.

–Nunca lo sabrás a menos que asistas. Por cierto, si te hubieras molestado en leer los papeles que mi agente os entregó, sabrías que la compensación que voy a pagaros habría sido más que suficiente para comprarte todo un nuevo vestuario y el mejor barco en el mercado…

–Yo ya tengo el mejor barco en el mercado. Y en cuanto al dinero, aunque pienses lo contrario, en este caso no me importa nada…

–¿En serio? ¿Así que la economía de esta isla funciona con un sistema diferente al del resto del mundo? Sé realista, Ellie. Puedes venir a la reunión o no, pero es mi última oferta.

–¿Y si no me gusta la conclusión a la que se llegue?

La miró.

–No tendré derecho a apelar, ¿no es así?

Ya lo entendía todo.

¿No tenía derecho a apelar? Estaba furiosa. Lefkis iba a convertirse en una dictadura. Ya había sobrevivido al gobierno de un tirano y ahora tendría que sufrirlo de nuevo. Tal vez había pasado demasiado tiempo en una isla rodeada de gente en la que podía confiar y había perdido el sentido de lo que era o no era un comportamiento aceptable, pero Alexander Kosta había ido demasiado lejos.

¿Y tendría que enfrentarse a él sola?

Sí, sí lo haría. ¿Qué otra opción le quedaba?

Alzó la vista cuando llegó a su embarcadero. La habían distraído las risas procedentes del imponente yate blanco amarrado al lado de su barco. Los ocupantes estaban tomando champán, lo que significaba que le esperaba otra noche de insomnio.

¿Y cómo dormiría Alexander?, se preguntó mirando hacia el Olympus. Lo último en lo que quería pensar era en Alexander tendido en su grandiosa cama, pero…

Tal vez nunca dormía. Tal vez simplemente se quedaba junto a la ventana regodeándose con los beneficios que le reportarían los superyates. Se mordió los dientes mientras caminaba sobre la pasarela. Sería una pérdida de tiempo pensar que Alexander podría cambiar y usar todo ese poder por una buena causa. Pero al día siguiente tendría otra oportunidad, en la reunión. Y en cuanto a preguntarse si ese gesto rígido alguna vez esbozaba una sonrisa…

Tal vez no tenía dientes… Se rió.

Con ese pensamiento encendió las luces de bajo voltaje que hacían que todo resultara acogedor. Comenzó a hacer planes para la reunión. Tenía que hacer que la gente despertara de su apatía. Si no lo lograba, el dominio de Alexander sobre la isla sería absoluto.

Fue hacia la diminuta nevera y se sirvió un vaso de leche. Miró por el ojo de buey y pudo ver el Olympus, donde sin duda Alexander estaría ocupado convenciendo a algún lugareño para que apoyara sus ideas. Qué gran error. Alzó el vaso como ofreciéndole un irónico brindis.

Sin embargo, no había otro lugar en el mundo en el que le gustaría estar, de modo que actuaría con cuidado y fingiría estar acatando sus reglas. Las islas vecinas eran tan bellas como Lefkis, pero no la cautivaban tanto como ella.

Se apartó de la ventanilla. Había visto las luces del Olympus reflejadas en el agua. ¿Podría verla Alexander mirándolo?

¡Qué estupidez! Por supuesto que no podría…

Cuando se terminó el vaso de leche, abrió la pequeña lata en la que guardaba el dinero en metálico y lo contó. Tenía suficiente para comprarse un conjunto de dos piezas barato y tal vez también un par de zapatos…

Llegó a tiempo, eso él ya se lo había esperado, pero ¿qué llevaba puesto? La chaqueta, de un tono verde lodo, era demasiado pequeña para ella. Debajo llevaba un espantoso top de encaje rosa. No podía recordar haber visto nada tan horrendo en su vida. Pero además tampoco antes había visto sus pechos y ahora sí que podía verlos claramente bajo esa prenda tan ajustada. Eran grandes y tersos. Muy bonitos…

Apartó la vista para fijarse en una falda tan grande que le bailaba en las caderas. Estaba hecha un desastre, aunque los señores mayores que la estaban mostrando su asiento no parecieron darse cuenta…

Le había preparado un asiento en la primera fila,

justo enfrente de él, desde donde podía mantenerla vigilada. ¿De qué estaba hablando y riéndose con el hombre que estaba acomodándola en su sitio? Parecía relajada. Demasiado relajada.

Una cosa lo desconcertó: ese hombre la estaba agarrando del brazo efusivamente y sin embargo se había mostrado horrorizada ante la idea de que sus guardaespaldas o él siquiera la rozaran. Era otra pieza más del rompecabezas, como la cicatriz en la mejilla...

Se concentró en colocar los papeles que tenía delante. No tenía tiempo que perder en Ellie Mendoras. Le daría la oportunidad de hablar y eso sería todo.

—Señorita Mendoras, siéntese. Aún no le ha llegado el turno de hablar —no podía creerse que una vez más le estuviera causando problemas—. ¡Señorita Mendoras!

—Señor Kosta —le respondió ante un murmullo de sorpresa generalizada—. Esta reunión está formada principalmente de visitantes que tienen un interés creado en la isla. Yo hablo en nombre de los habitantes...

—Creo que eso ya lo sé.

—A estos visitantes lo único que les mueve es el beneficio que puedan sacar —prosiguió, ignorándolo—. Estas carreras...

—Se van a celebrar. Ahora siéntese, señorita Mendoras, antes de que haga que la saquen de la sala...

—¿Es que soy la única persona aquí a la que le importa la isla? —preguntó, ignorándolo una vez más y mirando al resto de los presentes.

—La estoy advirtiendo, siéntese o la echarán de la sala.

La mirada de Ellie parecía decir: «¿Tú y cuántos más?». Y mientras Alexander no dejaba de mirarla deseaba ser él el que la sacara de allí, pero no la dejaría en la calle, no. La llevaría hasta su cama.

–La avisaré cuando le llegue el turno de hablar.

–¿Sí?

–Sí, lo haré. Ahora, ¿podemos seguir?

A regañadientes, se sentó.

Estuvo retorciendo la tela de su falda mientras esperaba su turno. Hasta el momento no había oído nada que la tranquilizara. Y lo que era peor, Alexander no dejaba de mirarla. ¿No debería estar prestando atención a la persona que estaba hablando en aquel momento?

Agachó la cabeza para eludir los ojos de Alexander, pero cuando la alzó, allí seguía él, mirándola. Levantó la barbilla. Tenía todo el derecho a estar allí y a que la escucharan. ¿Quién iba a enfrentarse a él si no lo hacía ella? Tenía que salvar a Lefkis de Alexander.

Nadie había escuchado una sola palabra de las que había dicho. Su público se había mostrado inquieto e impaciente. Nadie quiso oír hablar de temas de conservación de la isla ni de ninguna otra cosa que pudiera restarles beneficios. Él casi sintió lástima por ella cuando se levantó para marcharse. Ellie sabía que había fracasado. Sabía que él había visto su fracaso.

La alcanzó fuera de la sala.

–¡Eh!

–¿Qué quieres? –se dio la vuelta a la defensiva, aún seguía preparada para la batalla.

Se la veía dolida. Dolida por el hecho de que nadie

la hubiera escuchado, ni siquiera los ancianos por los que tanto se preocupaba. Todo había salido a favor de Alexander.

–Sólo quería asegurarme de que esta pequeña protesta que has encabezado ha terminado.

–¿Terminado?

–¡No seas estúpida, Ellie! –exclamó con frustración viendo el fuego en sus ojos–. El progreso es algo esencial, incluso en una isla pequeña como Lefkis. Sin él, quedaría en un punto muerto, y no querrás eso, ¿verdad?

–No quiero que... seas tú el que decida lo que los demás tendríamos que aceptar. No quiero que Lefkis se convierta en un lugar en el que la gente que no es rica o famosa no sea bienvenida. No quiero que la isla que conozco y amo se convierta en una extensión de tu torre de marfil, el parque de juegos de un multimillonario –y con eso continuó andando sin mirar atrás.

–Y si seguimos tu plan –dijo él poniéndose a su paso–, la economía de este lugar se hundirá. Los jóvenes, el alma de la isla, se verán obligados a emigrar en busca de trabajos y los mayores se quedarán aquí solos. ¿Es eso lo que quieres, Ellie? ¡Ellie, deja de correr! –la agarró por el hombro y la hizo girarse hacia él–. No permitiré que eso pase. Tengo que ofrecer empleos... –pero a medida que hablaba se daba cuenta de que ya no le interesaban las palabras; se sentía consumido por ella, por su apasionada actitud, por su rebeldía, por su intento de mostrar desinterés por él.

La llevó a una zona más apartada y sombría, alejada de las miradas curiosas. Clavó los ojos en sus labios. La química que existía entre ellos resultaba irresistible...

Besar a Ellie fue como encontrar un puerto tras una interminable travesía. Supuso más sexo y lujuria que una semana en la cama con cualquier otra mujer. Al principio, ella se resistió... eso ya se lo había esperado..., pero después lo rodeó por el cuello y lo arrastró hacia sí. El beso fue ardiente y cargado de furia y frustración. Su desenfreno lo sobresaltó, lo encandiló. Pero también fue lo que le hizo retroceder. No podía permitirse perder el control.

Tras apartar la cara, se limpió la boca con el dorso de la mano. Necesitaba desesperadamente eliminar el sabor que le había quedado de ella. Aunque dudaba que ya pudiera hacerlo. Era un sabor fresco, joven, entusiasta e inocente. La deseaba.

–¿Se supone que con esto vas a mantenerme callada? –le preguntó con desprecio.

La miró. Ellie estaba temblando, pero no de miedo.

–Esto no significa nada...

–¿Crees que me gustaría que hubiera significado algo? –preguntó mientras su cuerpo le decía todo lo contrario.

La observó alejarse con una embriagadora mezcla de deseo y alivio. Ya había terminado con Ellie Mendoras. Su atención era reclamada en otra parte; los negocios lo requerían y, en su mundo, los negocios siempre eran lo primero.

¿Qué había hecho? Ellie volvió a tocarse los labios y luego se miró al espejo. Seguían hinchados y muy rosas, y la delicada piel que los rodeaba, donde la barba de Alexander le había rozado, aún le escocía.

Y aunque había pasado un largo rato desde «El

Beso», seguía temblando y excitada. Pero lo que más le asustaba, aparte de ese inexplicable lapsus de sentido común, era el modo en que Alexander se había apartado tan bruscamente. Primero estaba besándola y al minuto la estaba mirando con frialdad, como si nada hubiera pasado. ¿Qué le había ocurrido? ¿El exceso de dinero provocaba esa clase de reacciones en la gente?

Se apartó del espejo. No podía perder el tiempo pensando en lo estúpida que había sido. Había dejado que Alexander pensara que era una chica fácil y ahora tenía que recuperar el orden en su vida.

Él la vio primero. Se bajó las gafas de sol hasta la nariz y volvió a colocárselas antes de continuar supervisando el trabajo en los amarraderos. Estaba comprobando los nuevos sistemas de seguridad que había instalado para el abarrotado muelle.

«¿Es Alexander?», se preguntó Ellie. ¿Es que no tenía gente que pudiera hacer ese trabajo por él?

Mientras caminaba hacia ella, decidió no pensar en lo que había sucedido entre los dos. No pensar en el sabor de su beso, en cómo lo había hecho sentir. Sustituyó todo ello con una furia dirigida principalmente hacia sí mismo.

—Creí que ya te habrías ido.

—Siento decepcionarte, Alexander. Aunque, como puedes ver, estoy preparando mi última excursión desde este muelle —se apartó de él.

—Espero que lleves todos los asientos ocupados.

—Así es.

—Si tus paseos en barco son tan populares, no deberías tener problemas para convencer a la clientela de que te sigan hasta el otro lado de la isla.

–Esperemos que tengas razón.

Si las miradas mataran, él ya sería hombre muerto. Ellie estaba jugando igual que él; estaba actuando como si nunca antes se hubieran visto, como si no se hubieran tocado, como si no se hubieran besado.

–Creía que tenías más confianza en ti misma.

–Tengo toda la confianza que necesito, Alexander –le aseguró, echándose el pelo hacia atrás mientras se alejaba.

Él aún no había terminado. Nadie se marchaba dejándolo de ese modo.

–Esta noche celebro una cena en el Olympus...

–Que te diviertas.

–¿Por qué no vienes? –era mejor tenerla vigilada que dejar que se acercara a los que él ya había convencido.

Dudó y luego se dio la vuelta con gesto pensativo.

–Vaya, es una pena. No podré ir. No llegaría a tiempo después del paseo en barco...

Él apretó los labios. Lo último que se habría esperado era ese rechazo.

–La cena se alargará bastante –dijo caminando hacia ella–. Pero haz lo que quieras, Ellie –sus caras estaban peligrosamente cerca. Si ella quería pelear, había encontrado a la persona adecuada.

La observó alejarse por el muelle con paso orgulloso y desafiante. Pero Alex podía esperar.

Capítulo 4

«DE TODOS modos, no tengo nada que ponerme», se dijo Ellie mientras ultimaba los preparativos de su último recorrido turístico con el barco.

«Seguro que tienes algo», le dijo su voz interior. «¿Qué tiene de malo lo que llevas ahora?».

¿Ropa comprada en un mercadillo? ¿Una camiseta y unos pantalones cortos baratos? Claro, todas las chicas sabían que ésa era la ropa de ensueño para ir a cenar a bordo del yate de un multimillonario. Aunque ella no tenía la más mínima intención de acudir a esa cena, por supuesto. No había perdido la razón.

Rechazar la invitación de Alexander y ver la sorpresa en esos ojos verdes había sido igual de placentero que el excepcional momento en que se habían besado. Sí. Había rememorado «El Beso» una y otra vez en su mente, pero en esas ensoñaciones Alexander se había convertido mágicamente en un hombre razonable y agradable y ella había sido la chica sensata que le había puesto fin a ese beso.

Y ahora había llegado el momento de ponerle también fin a esas ensoñaciones. Su grupo la esperaría a bordo en unos minutos y aún tenía que hacer unas últimas comprobaciones.

La radio no funcionaba y no tuvo tiempo de arreglarla, pero tenía todos los números de emergencia posibles y el móvil le serviría. Había limpiado el barco centímetro a centímetro y los platos para el almuerzo, que constaba de pasta con salsa de tomate fresco y queso, pan casero y ensalada fresca, estaban ya en el frigorífico. Con las manos en las caderas, Ellie contempló su reino. Parecía que todo estaba listo.

El éxito de sus excursiones en barco había superado sus mejores expectativas. Era muy doloroso pensar que ése sería el último viaje desde el muelle principal, aunque al menos lo haría con el barco a rebosar: diez personas, el número máximo que podía llevar a bordo.

Mirar la nota que la obligaba a marcharse en cuarenta y ocho horas le borró la sonrisa de la cara.

Alexander no había perdido ni un segundo al comprar la isla. Con suerte, le llevaría algo más de tiempo transformar Lefkis en el parque de juegos para multimillonarios con que había soñado porque para entonces los vecinos y ella habrían encontrado el valor suficiente para mantenerlo a raya.

Estaba furiosa. Había unas cadenas impidiéndole el paso a su barco. ¡Qué atrocidad! ¡Era increíble!

Se dio la vuelta y se disculpó ante sus pasajeros; les explicó que ahí tendrían que haber anclado el barco y almorzar. Le costó ocultar lo que estaba sintiendo. Era su lugar favorito, una bahía en la que incluso los niños y los peores nadadores podían bucear sin peligro. Pero un cartel recién pintado anunciaba que estaba prohibida la entrada a la bahía sin permiso.

¡No hacía falta preguntarse de quién había salido esa orden!

No tenía más remedio que marcharse y buscar otra bahía. Les había prometido a sus pasajeros que pasarían un feliz día y Alexander no iba a estropearlo.

El mar abierto la calmó. Estaba con un grupo de gente encantador y pronto olvidó lo que había sucedido... hasta que una lancha motora se cruzó con ellos.

–¿Y ahora qué? –murmuró Ellie al ver la insignia de Kosta a un lado de la embarcación.

Sus guardaespaldas le estaban haciendo señales. ¿Es que creían que habían comprado el océano entero junto con la isla? ¡Increíble!

Giró el timón para evitar una colisión, pero la lancha continuó asediándola por todos lados y causando tanta turbulencia con su estela que Ellie temió por el bienestar de los pasajeros.

Era intolerable.

Tendría que devolverles el dinero a los turistas, aunque eso no era lo que le importaba. Lo que la ponía furiosa era el comportamiento prepotente de Alexander. Tal vez sí que iría a su cena y le diría exactamente lo que pensaba de él delante de todos sus invitados...

Se había sosegado un poco al ver las luces del muelle. Siempre sentía la misma satisfacción al regresar a su amarradero, era la satisfacción de sentir que había hecho un buen trabajo. Pero aún no sabía que la aguardaba otro sobresalto.

En lugar de un amarradero vacío, ¡había un enorme yate ocupando su espacio!

Tras tranquilizar a todo el mundo, cambió el rumbo. Como el muelle estaba lleno, el único lugar desde el que los pasajeros podían desembarcar con seguridad era el puerto del ferry. Eso suponía que sus clientes tendrían que caminar bastante y que ella tendría que pagar una sustanciosa tarifa por dejar el barco allí. Les pagaría un taxi a todos los que quisieran y se aseguraría de devolverles el dinero de la excursión. Se quedó mirando fijamente al Olympus.

¿Por qué Alexander no le había dicho nada cuando la había visto en el muelle? Su plazo de desalojo aún no había expirado.

Mientras esperaba a que una de las familias de su grupo subiera a un taxi, le lanzó una mirada asesina al Olympus. Esa familia, cargada de toallas y mochilas, marcaba un fuerte contraste con los ricos visitantes en sus yates acompañados de sus sirvientes. No había duda de que para Alexander había que tener un cierto estatus social si se quería ser recibido en Lefkis.

Cuando ya les había devuelto el dinero a sus clientes y un grupo de ellos le habían dicho que no tenían ningún problema en volver caminando, Ellie pensó qué hacer a continuación. Ya casi había anochecido y era demasiado tarde para navegar hasta el otro lado de la isla y encontrar su nuevo amarradero. La mejor opción era echar anclas y esperar que, si alguno de esos gigantescos yates decidía moverse durante la noche, sus capitanes la vieran.

Oía la música procedente del Olympus; parecía estar mofándose de ella. Debería haber aceptado la invitación y enfrentarse a Alexander allí mismo.

Una suave brisa revolvió el pelo de Ellie, de pie junto al mástil. Sería muy fácil recoger sus cosas, su barco y admitir la derrota. Miró al Olympus. ¿Y dejar que Alexander se saliera con la suya? ¡Ni hablar!

Tras echar el bote hinchable al agua, se dirigió a la orilla. Por desgracia, al no tener una invitación para la fiesta sería difícil que la dejaran subir a bordo. Además, no estaba vestida para la ocasión y no le extrañaba que los guardias de seguridad la echaran.

Cuando intentó pasar, fue inmediatamente rechazada. Podía ver a los invitados intercambiar miradas, como si la pobreza fuera una enfermedad contagiosa.

Tenía que admitir que no tenía buen aspecto; ni siquiera llevaba maquillaje y tenía la cara enrojecida por el viento. Una buena dosis de perfume tampoco le habría venido mal para enmascarar el ligero, pero inconfundible, olor del aceite.

Escondida entre las sombras, pensó qué hacer. Tendría que encontrar otro modo de subir a bordo. El Olympus estaba completamente iluminado y resultaba imponente, pero ella aún no se había dado por vencida...

Vio a unas chicas de la isla vestidas de camareras. Obviamente las habían contratado para servir la cena que seguiría al cóctel de bienvenida...

Tras salir de su escondite, las saludó con la mano. Al verla, se detuvieron. Ellie le hizo su propuesta a la chica que tenía una talla parecida a la suya. La joven se rió al principio, incrédula, pero tras consultar con sus amigas, finalmente aceptó.

La chica se había ganado una noche libre y además la exquisita cadena de oro que Ellie siempre llevaba alrededor del cuello. Había pertenecido a su madre y fue duro deshacerse de ella, pero ponerle freno a esos delirios de grandeza de Alexander antes de que acabara arruinando la isla era su principal preocupación.

Cuando salió del baño de señoras de la cafetería, ya le era fácil subir a bordo. Le dejaron cruzar la pasarela con el resto de empleados temporales. Tras ayudar a servir unas copas, la llevaron hacia el gran salón donde se celebraría la cena. Una luz color miel salía por la puerta de dos hojas. Cuando Ellie entró junto con los invitados, contuvo un grito ahogado. El techo retráctil del gran salón estaba abierto dejando ver las estrellas y, además de la luz de la luna, la plata y el cristal resplandecían bajo el delicado brillo de las velas.

Fue una visión tan hermosa que por un momento Ellie olvidó su misión. Sin embargo, de inmediato se puso tensa. ¿Dónde estaba Alexander?

–¿No tienes nada mejor que hacer que quedarte ahí de pie mirando?

Ellie se sobresaltó. Luigi, el *maître* al que había conocido nada más subir al yate, la había descubierto.

–Gracias, Luigi, ya me ocupo yo.

–¡Alexander! –sí, ahí estaba, con un impecable traje sastre que, al igual que toda su otra ropa, le resaltaba los músculos.

–¿Has tenido que complicarte tanto para reunirte conmigo? ¿Por qué, Ellie?

Ella tuvo que obligarse a dejar de mirar esos botones del cuello de la camisa que tanto deseaba abrochar para así no tener que ver esa preciosa piel bronceada.

–Perdona, ¿has dicho algo?

–Creí que te había invitado formalmente a la cena.

–Sí, pero como sabrás, rechacé tu invitación.

–Así que has cambiado de idea...

¿Tenía que hablarle con ese tono de voz tan seductor y sugerente?

–¿Te dije que vinieras disfrazada?

–No he venido a divertirme, Alexander, pero no tenía otra forma de subir a bordo. Creo que deberíamos ir a algún otro sitio para hablar. Algún lugar más tranquilo –añadió, consciente de que los invitados los estaban mirando.

–¿No puede esperar?

–No, no puede esperar.

–Bueno, ¿y qué sugieres? ¿Mi suite privada?

Ellie tembló. Kiria Theodopulos no estaba allí para protegerla en esa ocasión.

Se quedó junto a la puerta.

–Entra, no muerdo.

«Aunque si lo hago, te gustará», parecía decir la burlona mirada de Alexander.

Ellie miró el pomo de la puerta, calculando con qué rapidez podría girarlo y escapar de allí.

Respiró hondo intentando ignorar el modo en que Alexander la hacía sentirse siempre. Intentó que su corazón latiera con normalidad, pero seguía acelerado. Y además sentía sus pezones erguirse bajo el uniforme. Estaba excitada en todos los aspectos.

Era una locura. No podía tener relaciones con ningún hombre, y menos con Alexander. En su mente, el sexo en sí era una locura.

Intentó calmarse mientras centraba la atención en la habitación discretamente iluminada, con sofás de piel en color crema y una alfombra persa. El aroma a flores lo invadía todo; las había por todas partes.

¡Pero ella no estaba allí para escribir un artículo de una revista de decoración!

–¿Sabes lo que está ocurriendo en tu muelle, Alexander? ¿O has estado demasiado ocupado divirtiéndote como para haberte dado cuenta?

–¿Te refieres a tu amarradero? Era inevitable. El embajador ha llegado sin avisar. Es un gran honor...

–Pero incluso el embajador debe de saber que el amarradero de un marinero es algo sagrado. Es lo único de lo que puedes estar seguro cuando estás en el mar...

–El embajador tiene preferencia, está por encima de todo el mundo, incluso de ti, Ellie –le gustaba verla con ese uniforme de camarera. Resultaba muy sexy. De pronto ya no estaba interesado ni en barcos ni en amarraderos. Quería unas cuantas horas de placer terrenal.

–Estoy hablando de una simple cuestión de cortesía marítima.

–¿Simple? –la miró secamente–. La vida nunca es simple, como ya deberías saber.

–No en Lefkis. Al menos, no desde que compraste la isla.

Eso no era lo que quería oír y su expresión se ensombreció. Cualquier mujer que hubiera en el yate habría donado su ropa a la caridad por una oportunidad como ésa, por la oportunidad de estar a solas con él.

–Si estás aquí sólo para reprocharme algo que no puedo cambiar... –se movió hacia la puerta y se extrañó cuando ella dio un paso al frente para detenerlo.

–Más bien querrás decir algo que no va a cambiar.

–¡No va a cambiar! –admitió, más como ordenándoselo a sí mismo.

Resoplando con frustración, Ellie se dio la vuelta.

–Debería haber sabido que no te interesaría nada de lo que tengo que decir.

–Entonces, ¿por qué has venido?

Su vacilación le dijo todo lo que ella no quiso decir.

–Porque alguien tiene que enfrentarse a ti –dijo sin girarse.

–¿Y tú eres ese alguien? ¿Quién te da permiso para hablar en nombre de todos los habitantes de la isla, Ellie?

–Los mayores –se volvió hacia él. Tenía las mejillas sonrojadas–. Los mayores me lo han pedido.

Saltaban chispas entre los dos y a Alexander le estaba empezando a gustar esa sensación.

–¿No crees que a lo mejor han cambiado de idea?

–No... Ellos no...

–¿Estás segura?

Lo fulminó con la mirada.

–Nadie se atreve a llevarte la contraria...

–¿Menos tú? –preguntó enarcando una ceja.

–Eso es –la química entre los dos bullía. La tensión era palpable. Ella tenía las mejillas sonrojadas y los labios hinchados. Estaba deslumbrante con su traje de camarera.

–Al menos tu gente podría haberme avisado de que habían ocupado mi amarradero...

Alexander no quería que siguiera hablando, quería arrastrarla hasta sus brazos. Estaba seguro de que estaba tan excitada como él. Quería mirarla a los ojos directamente y ver cómo se oscurecían. Quería sentir su suave piel contra la suya y oír su respiración agitarse. Quería inhalar su aroma e imaginar a qué sabría. Lo quería todo.

Pero siempre que las cosas se hicieran bajo sus condiciones, no las de ella.

—¿No te han llamado por la radio? —dijo fingiendo preocupación—. Supongo que llevas radio en el barco, porque de no ser así estás quebrantando el protocolo marítimo...

Estaba seguro de que su presencia la estaba abrumando. Se dio la vuelta, fingiendo que no se había dado cuenta del modo en que Ellie estaba apoyada en la puerta, con los brazos extendidos y los dedos apretados contra la madera. Alexander estaba disfrutando.

—Mi radio no funciona, pero llevo un teléfono móvil...

—¿Y si se te hubiera caído al agua? —dijo volviéndose hacia ella—. ¿Sueles poner la vida de tus pasajeros en peligro?

—¡Jamás! Si alguien ha puesto sus vidas en peligro, ése has sido tú.

—¿Yo?

—Tus matones, tus guardias, como quieras llamarlos...

Lo miró furiosa y él la respondió con una sonrisa de arrepentimiento.

—Sí, eso ha sido algo desafortunado. Pero bueno, ahora puedes desahogarte del todo... aunque no tengo todo el día.

Mientras Alexander hablaba y se acariciaba la barbilla, ella se fijó en esa oscura barba de tres días. No tenía nada que ver con la barba blanca del hombre que la había atacado...

—¿Me estás escuchando, Ellie? Ahora no tengo tiempo para tus ensoñaciones. ¿Qué más quieres de mí? Les presenté mis planes a los ancianos de la isla y se mostraron de acuerdo...

–Pero allí no estaban todos. ¿Crees que de lo contrario habrían permitido que instalaras barreras artificiales en el océano?

–Esas cadenas eran necesarias, una medida de precaución para marcar la ruta...

–¿Para qué? –le interrumpió–. ¿Para una carrera que no se celebrará si los vecinos se oponen?

–¿Crees que encontrarán el valor para hacerlo?

–¡Sí! Sé que lo harán.

Ella sí que lo haría, de eso estaba seguro.

–Las carreras se van a celebrar y las cadenas han de colocarse. La seguridad es primordial... al menos para mí –añadió lanzándole una clara indirecta.

–Tú hablas de seguridad mientras que yo sólo puedo pensar en el peligro que dejas a tu paso. Me das miedo, Alexander. Me asusta lo que le estás haciendo a la isla...

–¿Quieres decir que te da miedo el cambio?

–Haces cambios sin preocuparte de las consecuencias. Sólo te preocupas de ti mismo...

–Esto no se trata ni de ti ni de mí; se trata del futuro de una isla y del de su gente.

–¿Crees que eso no lo sé?

A los dos les estaba invadiendo la pasión, pero era momento de hablar con sinceridad y rotundidad.

–Cuando compré Lefkis la isla estaba en bancarrota y no había ningún plan para rescatarla de esa situación. ¿Es que no sabes que Demetrios Lindos se quedó todo el dinero? No soy como él, Ellie. No soy como ese hombre...

–Tal vez no, pero por lo que a mí respecta eres un presuntuoso más que se niega a considerar la opinión de los demás. Sé que crees que lo haces todo pensando en nosotros, pero estás pensando con el cerebro de un empresario, Alexander, no con el corazón.

Se la quedó mirando. Aún no estaba preparado para admitir que esa teoría podía tener algo de cierto.

—Tengo una fiesta a la que volver, así que, si esto es todo...

—No, no es todo. No puedes echarme de este modo.

Estaba a punto de decirle lo equivocada que estaba cuando la vio cubrirse la cicatriz. No pudo más que preguntarse quién podría ser capaz de hacerle eso a una mujer. Alguien lo había hecho, no había sido un accidente. Ellie había puesto a alguien tan furioso que la habían atacado cual bestia salvaje. ¿Qué más le habían hecho?

—No te estoy echando. ¡Siéntate! —le dijo enfadado.

—¡No me hables así!

—Vale. Por favor, siéntate.

Necesitaba alejarse de ella, sentarse donde no pudiera inhalar su aroma. La mezcla de aceite de motor y jabón estaba empezando a resultarle un olor adictivo.

—Nadie va a molestarnos aquí. Estamos solos. Si te sientas en el sofá, verás un botón sobre la mesa que tienes delante. Si te encuentras incómoda en algún momento, presiónalo y alguien vendrá de inmediato...

Alexander podía sentir su miedo. Tuvo que preguntarse quién habría podido asustarla tanto y eso le despertaba unos sentimientos que no había experimentado antes; sentía la fuerte necesidad de protegerla. Afortunadamente, el sentido común lo hizo reaccionar y no le dejó hacer ningún comentario con tal propósito.

Finalmente escuchó todo lo que ella le contó y se quedó sorprendido al saber que sus hombres la habían intimidado. Eso no entraba en sus planes. Poner a

Ellie y a sus pasajeros en peligro era algo imperdonable y serían castigados por ello. Eso le dijo.

Pero hubo otras cosas que no cambiaría por ella, como por ejemplo la carrera de lanchas. Por otro lado lamentaba el modo en que había perdido su amarradero de un modo tan precipitado, pero los embajadores, al igual que los reyes, esperaban que el resto de los mortales les dejaran paso y en esa ocasión Ellie había estado obstaculizando el camino.

Se lo explicó, se disculpó por el modo en que su agente les había comunicado la orden de desahucio y le recordó que ya tenía disponible su nuevo amarradero a un bajo alquiler, además de una compensación económica.

—Podrás empezar a obtener beneficios desde el principio...

—¿Beneficios? ¿Es eso lo único en lo que piensas?

—No todo el tiempo, pero deberías pensar en los beneficios si quieres que el éxito de tu empresa perdure...

—Lo sé, no soy ninguna estúpida.

Fue hacia el sofá y se sentó junto a ella. Ellie no protestó, lo cual ya era un buen comienzo.

—No digo que lo seas.

—Sí, bueno... —se apartó de él.

Bajo esa mirada firme había un pequeño y tembloroso corazón. ¿Quién le había hecho daño? Debería preguntárselo, pero ya sabía que ése no era el modo de actuar con Ellie.

—Si necesitas ayuda para llevar tu negocio...

—Contrataré a un consultor —le respondió irónicamente.

Costaba creer que pudiera relajarse con Alexander

sentado tan cerca de ella. Normalmente sólo el pensar en estar a solas con un hombre ya era suficiente para paralizarla de miedo. Ellie sabía que los dos estaban guardándose cosas, esas cosas que nunca se revelan.

—¿En serio esperas que crea que no sabías que tus hombres le han puesto cadenas a medio océano?

—¿Sólo a medio? —preguntó, ladeando la cabeza para mirarla.

¿Tenía que hacerlo? Ese sentido del humor era lo que la ponía furiosa, aunque por otro lado, también la excitaba... Tendría que tener cuidado con eso.

Además, la forma en que la estaba mirando le estaba haciendo sentir más calor todavía. Para contrarrestar esa extraña sensación, se levantó y comenzó a caminar de un lado a otro de la habitación.

—Hay que quitar esas cadenas antes de que alguien resulte herido.

—Me ocuparé de ello.

—¿Y seguirás adelante con las carreras?

—Sí.

Se levantó del sofá con la fuerza de un guerrero y se situó delante de ella. Si pensaba que podía intimidarla, estaba en lo cierto. Ella se había sentido a salvo en esa diminuta isla hasta su llegada, protegida por la gente que en el último momento, en el momento crucial, la había abandonado.

—Me ocuparé de esos peligros que has mencionado —dijo dirigiéndose a la puerta.

La entrevista había terminado. Tenía que aprovechar los pocos segundos que le quedaban.

—Hay rocas sumergidas donde mueren algunos hombres —se le quebró la voz al recordar la terrible noche en la que su padre había perdido la vida.

–He de volver a la fiesta...

–Claro.

–Deberías confiar más en mí, Ellie.

–¿Por qué? Ni siquiera te conozco, ninguno te conocemos. ¿Quién sabe qué clase de hombre eres?

¿Qué clase de hombre era? ¡Buena pregunta! Había crecido en una isla vecina y había sido un pescador feliz y satisfecho con su vida hasta que la mujer con la que acababa de casarse se había marchado a Lefkis atraída por Demetrios Lindos. Entonces era pobre, y Demetrios era rico. Supo que el único modo de acabar con el dolor que sentía y de recuperar su honor era ser todavía más rico y más poderoso que Demetrios. Ese regreso a Lefkis era su triunfo. Y habría sido coser y cantar de no ser por Ellie Mendoras.

Hacía años que había dejado atrás una vida sencilla y sabía que no lo había hecho para vengarse de Demetrios, sino para enterrar lo que había sentido cuando su primer amor lo había dejado por otro hombre. Esa sensación de traición jamás lo había abandonado. Al volver a fijar la atención en Ellie, su mirada se clavó en la cicatriz. A ella también le habían hecho daño, ¡quién sabía cuánto! Extendió la mano e hizo algo que le sorprendió a él más que a ella: le acarició la cara. Le apartó el pelo delicadamente para dejar al descubierto la cicatriz.

–¿Quién te ha hecho esto, Ellie? –le preguntó con dulzura.

Ella respondió cerrando la boca.

–Dímelo.

–¿Has olvidado tu fiesta?

Alexander recibió el mensaje. El asunto de su cicatriz y el modo en que se lo había hecho ya estaba cerrado.

Capítulo 5

ALEXANDER había percibido su miedo y había visto la reacción que había provocado en ella. Sentía curiosidad, pero Ellie jamás le hablaría de la cicatriz. Estaba acostumbrada a que la gente la mirara, especialmente extraños, y no era tan ingenua como para pensar que no sacaban sus propias conclusiones. Pero nadie se había entrometido nunca hasta el punto de preguntarle. Nadie, excepto Alexander...

Su mirada lo había avisado de que dejara el tema. No había modo de responderle sin revelar la verdad y eso no estaba dispuesta a hacerlo. Aunque, por otro lado, tampoco podía hacer como si la cicatriz no significara nada. ¿Cómo podía hacerlo cuando afectaba a su vida en todos los aspectos? Era una marca de la vergüenza que nunca la abandonaría y un cruel recordatorio de que las cosas nunca eran como uno quería que fueran.

¿Volvería a confiar en un hombre?, se preguntó al ver a Alexander cruzar la habitación. Se detuvo delante de una de las enormes ventanas y dijo:

—Me admira tu ingenio.

—¿Mi...?

—Me refiero a tu uniforme... —se dio la vuelta.

Una ligera sonrisa rozó los labios de Ellie.

—He hecho un trueque con una chica de la isla.

–¿Un trueque?

Sí, lo había cambiado por la cadena de su madre, y ¿para qué? No había conseguido nada. Alexander era implacable.

–No ha sido nada –se detuvo, no quería entrar en el tema.

–¿Nada? –insistió él.

–¿No deberías ir con tus invitados? –preguntó ella mirando hacia la puerta.

–A lo mejor una copa de champán te calmaría los nervios –le sugirió mirándola fijamente.

–Mis nervios están perfectamente.

Él no respondió. No hacía falta.

Ellie tenía la mano en el pomo de la puerta. Debía marcharse de inmediato, pero ¿tenía tanta prisa porque no podía confiar en Alexander o porque no podía confiar en ella misma?

Exclamó impactada cuando él le tocó la cicatriz.

–Si esto te lo ha hecho alguien de Lefkis, quiero saberlo.

–Cómo ocurrió no es asunto tuyo, Alexander.

–¿Y si considero que sí es asunto mío?

–Por favor no –apartó la cara–. Por favor, deja que me vaya. Luigi estará esperándome...

–¡Al diablo con Luigi!

–Me necesita.

–¿Vas a salir ahí y ponerte a servir?

–¿Qué tiene eso de malo? –alzó la cabeza retando a Alexander a decir algo más–. Todo lo que tengo en este mundo me lo he ganado...

–No lo dudo –murmuró.

–Puede que no lo entiendas, pero hay cosas en la vida que me importan más que el dinero.

–¿Como por ejemplo?

Ellie se quedó sin respiración cuando Alexander se acercó más. Si él supiera la verdad, la despreciaría tal y como el amigo de su madre le había dicho que harían todos los hombres.

«¿Quién no iba a creerse que una jovencita había intentado seducir a un viejo rico?».

«Pensarán que ha sido un accidente. Soy tan viejo que las manos me tiemblan, ¿verdad? ¡Mira!», había dicho el hombre sacudiendo las manos delante de ella. «Yo no podría haber forzado a una chica joven y fuerte a hacer algo que ella no quisiera».

Al darse cuenta de que Alexander la estaba mirando, se quitó la mano de la cara. Ese hombre había agredido a muchas otras chicas, eso lo había descubierto tiempo después, pero nunca había tenido que rendir cuentas por ello. Le había dicho que ningún hombre disfrutaría con ella después de él y a continuación le había apagado el puro que estaba fumando en la cara. Ellie había perdido el conocimiento y, al despertar, lo había encontrado jadeando y empapado en sudor junto a ella. Ninguna de las chicas a las que había agredido había tenido la culpa. La única razón por la que no se le había llevado ante la justicia era porque no había habido ni un solo miembro de la policía al que no hubiera sobornado.

–¿Estás pensando en algo del pasado, Ellie?

¿Podía leerle la mente? Lo miró y de pronto entendió que ella no era la única que había sufrido. Deseó abrazarlo.

–Alexander, tengo una idea.

Él se apartó; si se quedaba más tiempo tan cerca de ella, acabaría llevándola a su cama.

—Por favor, escúchame.

—Eso ya lo he hecho y ya deberías saber que no vas a hacerme cambiar de idea por las buenas.

—No te pido que lo hagas, pero ven conmigo a mi barco.

—¿Solos? —no pudo evitarlo. Sus labios se curvaron en una sonrisa burlona.

—Estarás a salvo —le respondió con la misma ironía.

Alexander notó una oleada de excitación. Le hacía sentirse vivo. Ellie estaba cambiando, se estaba mostrando más segura, más madura. Esa transformación le resultaba irresistible, pero en esa ocasión tendría que decepcionarla.

—Te agradezco la invitación, pero me temo que no tengo tiempo...

Ni para la isla, ni para la gente ni para ella. ¿En qué había estado pensando? ¿Por qué iba Alexander Kosta a malgastar su tiempo en uno de sus paseos turísticos? El que ella estuviera tan orgullosa de ellos no significaba que pudieran interesarle a un hombre que tenía todo el mundo a sus pies.

Pero por mucho que lo intentaba, a Ellie no se le ocurría mejor forma de mostrarle a Alexander lo que estaría en peligro y la facilidad con la que el equilibrio del océano podía destruirse si se elegía una ruta equivocada para la carrera.

—¿Quieres que envíe a alguien para que te lleve hasta tu nuevo amarradero? —preguntó, pensando que el asunto había concluido.

—No, gracias, puedo apañármelas sola.

—Ya sabes que serás compensada por todos los gastos que te haya podido ocasionar...

—¿Compensada? ¡No tienes corazón! ¡Eres cruel! Como ya has pagado, ¿crees que todo está arreglado?

—Debería estarlo.

—Podrías hacer más, mucho más.

—¿Como por ejemplo?

—Como tomarte la molestia de bajar a los nuevos amarraderos.

—¿Y por qué iba a querer hacerlo?

—¿Tal vez para asegurarte de que todo el mundo está bien y tiene todo lo que necesita?

Tenía todo un ejército de empleados que se ocupaban de esa clase de cosas.

—Veré qué puedo hacer...

—No, Alexander, quiero más que eso.

—¿Qué? ¿Qué quieres de mí, Ellie?

—Quiero tu promesa, Alexander. Quiero que te comprometas.

La miró para asegurarse de que había oído bien.

—¿Me estás diciendo lo que tengo que hacer?

—Te lo estoy pidiendo —dijo firmemente, sin dejar de mirarlo.

—Tengo que consultar mi agenda.

—Pero supongo que tendrás citas que puedes cambiar.

Nunca nadie lo había hablado de ese modo.

—Tienes mi palabra. Prometo que veré qué puedo hacer.

«Con eso ya debería quedarse satisfecha», pensó Alexander mirándole la boca.

—¿Cuándo? ¿Cuándo vendrás al muelle?

Lo normal era que se hubiera puesto serio con ella, que se hubiera mostrado inflexible, pero al verla mirándolo con ese atrevimiento pensó que no le supondría tanto esfuerzo hacer una visita al muelle. Sólo imaginarse con los pescadores, escuchando sus preocupaciones, sus historias, lo hacía regresar a sus días en el mar...

Y además su cuerpo recibió con agrado la idea de volver a ver a Ellie.

—Es muy amable por tu parte, Alexander —le dijo antes de que él hubiera tomado una decisión final—. Sé que los pescadores y sus familias te estarán muy agradecidos. Quiero darte las gracias de antemano.

—Aún no he dicho que vaya a ir —le recordó.

—Pero lo harás. Sé que lo harás y sé que te gustará subir en un barco de verdad para variar.

—Un barco de verdad... —dijo, como si eso fuera algo completamente nuevo para él.

Lo peor de todo era que Ellie tenía razón; le gustaría volver a subir en un barco de verdad.

—Vale, trato hecho. Ahora aparta —ya podía sentir la madera bajo sus pies descalzos y ella lo había hecho posible. Ellie había encontrado su talón de Aquiles, la única cosa que podría haberle hecho ceder un poco. Había visto su barco; formaba parte de esa zona de la isla que había intentado cambiar, pero ese viejo barco pesquero le había despertado una nostalgia de la que no había podido liberarse. Era un deseo de volver a esos días menos complicados en los que había creído que todo era posible. Pero en esos días también había creído que el amor duraría para siempre. Y fue al recordar eso cuando el corazón se le volvió a endurecer.

—Aún no me has dicho cuándo.

—Ya te lo diré —todavía seguían invadiéndolo los recuerdos: un hombre contra el mar, un hombre contra los elementos, un hombre deseoso de libertad. A pesar de su inmensa fortuna, esa parte de él aún seguía insatisfecha.

–¿Pero vendrás?

Exasperado, dijo:

–Sí, iré –tenía que admitir que Ellie había sido muy valiente al ir al yate y enfrentarse a él. No le tenía miedo, al menos no del modo que había creído al principio. No le intimidaba Alexander Kosta, el magnate, pero sí que parecía tenerle mucho miedo a Alexander Kosta, el hombre. Pero ¿qué esperaba? Esa mujer había sido físicamente atacada por un monstruo. ¿Esperaba que actuara con normalidad cuando se encontraba a solas con un hombre? Eso le hizo convencerse más todavía de que quería descubrir cómo había sucedido y quién le había hecho daño, pero primero quería hacer desaparecer el miedo que veía en sus ojos.

–¡Al diablo con la fiesta! –dijo, alargando el brazo delante de ella para cerrar la puerta.

Capítulo 6

PARA Ellie significaba tanto que Alexander hubiera accedido a ir a visitar el muelle que tenía la mirada iluminada. Pero el modo en que él la estaba mirando ahora resultaba bastante inquietante.

—No vuelvas la cara —le dijo agarrándole la barbilla—. No quiero que tengas miedo, Ellie.

—No tengo miedo —respondió, aunque en el fondo sí lo tenía y él lo sabía. Tenía miedo de lo que le hacía sentir. Jamás olvidaría su beso ni lo que era estar rodeada por sus brazos. Ese recuerdo era como oxígeno que avivaba tanto el miedo que sentía, como el fuego que se extendía por sus venas. La razón le dijo que diera un paso atrás, que saliera de allí antes de que fuera demasiado tarde.

—Debería irme. Tengo que atender...

—Ya le he dicho a Luigi que te necesitaban en otra parte, pero si prefieres irte... —le dijo encogiéndose de hombros.

Ellie alzó la barbilla.

—Claro que quiero irme. Nunca dejo un trabajo a medio hacer.

—Yo tampoco —le aseguró Alexander arrastrándola hacia sí.

Ella debería haberse resistido, pero ¿por qué habría de hacerlo cuando confiaba en que él la hiciera sentirse a salvo? Y si confiaba en él, ¿por qué no iba a besarlo?

Entrelazó los dedos sobre su pelo para mantenerlo cerca y tembló de excitación. Volvía a descubrir lo bien que encajaban el uno en el otro. ¿Cómo podía ser posible? Alexander era tan grande y ella tan pequeña, pero aun así cada contorno, cada parte de ella parecía conectar y fusionarse con él. Ese momento, esa sensación, esa libertad no eran cosas a las que temer, era algo a lo que aferrarse; el futuro y lo que deparara podrían esperar porque en ese momento sentía la libertad que nunca antes se había permitido vivir. Una libertad libre de todo miedo.

—No me asustas, Alexander...

A la vez que la rodeaba con los brazos, se las apañó para agarrar una cubitera de hielos antes de llevar a Ellie hasta su dormitorio y tenderla en la cama.

Ella tenía todos los sentidos acentuados; lo absorbió todo: el aroma de las sábanas frías y limpias, el aire del ventilador que giraba sobre ellos, la gran cama con su firme colchón y el cosquilleo que la recorría por tener tendido a su lado a Alexander. Protector, no depredador. Un amante, no un hombre agresivo. Con vacilación extendió los brazos hacia él. Lo cierto era que lo deseaba...

Cuando él se sentó para quitarse la camisa, ella se quedó mirándolo. Era algo que creía que jamás podría hacer. Dejar atrás el pasado siempre le había parecido un sueño imposible. Y sin embargo en ese momento lo único en lo que podía pensar era en unir su cuerpo al de Alexander, sentir su fortaleza, sentir la calidez de su piel desnuda contra la suya.

Él se puso en pie, parecía una estatua de bronce. Le

recordó a un gladiador en algún viejo grabado. Su pecho y sus brazos estaban cubiertos de un oscuro vello que adquiría forma de V antes de desaparecer tras el cinturón de piel que le rodeaba por debajo de la cintura. Ellie quería experimentar cómo sería que esos duros músculos presionaran su cuerpo, quería caricias, lo quería todo. Él sonrió al verla mover las piernas nerviosamente sobre la cama.

–¿Te apetece algo de beber o prefieres un poco de hielo para refrescarte?

–No te entiendo...

–Mejor hielo –decidió Alexander.

Ellie dio un grito ahogado. Antes de poder negarse, él ya había tomado un puñado de hielos y los estaba deslizando sobre su cuello.

–Esto debería tranquilizarte.

–No lo soporto...

–Pues es una pena porque ahora viene lo mejor...

–¿Sí? –preguntó ella tímidamente. Aunque lejos de calmarla, la sensación del hielo contra su encendida piel había revolucionado más todavía sus sentidos.

Tras llevarse un cubito a la boca, la besó intensamente. Le abrió la camisa y le acarició los pechos con más hielos en la mano.

–¿Quieres que te dé calor? –sugirió él con inocencia.

Ella gimió cuando él cerró la boca alrededor de uno de sus pezones, para luego repetir la misma acción con el otro pecho. Mientras, ella no dejaba de estremecerse sobre la cama. Estaba encendida, pero a la vez tenía frío. Se reía y daba pequeños gritos de asombro. Lo apartaba, pero le pedía más... mucho más.

–Tienes unos pechos preciosos.

–No pares... por favor, por favor, por favor, no pares... –fue todo lo que pudo decir; no se atrevía a interrumpirlo. Jamás había pensado que ninguna parte de ella fuera bonita, pero por un breve momento Alexander la había hecho sentirse hermosa.

–¿Más? –preguntó metiendo la mano en el cubo de hielo. Le quitó la falda y le restregó delicadamente unos cubitos sobre el ombligo. El agua se deslizaba por sus piernas; él comenzó a lamer el agua y el calor de su lengua unido al frío del hielo generó tal mezcla de sensaciones que ella dudó poder ocultar lo excitada que estaba. Lo deseaba, quería despojarse de toda su ropa...

Volvió a besarla tras llevarse otro cubito a la boca y Ellie quedó llena de su sabor y de su aroma.... mezclados con el hielo. El cóctel más delicioso jamás inventado. Y ahora Alexander estaba deslizándose hacia abajo, lanzándole besos helados por todas partes... en los muslos, en su vientre, pero en todo momento eludiendo el lugar en el que ella quería que estuviera..

–¿Cómo puedes ser tan cruel? –le preguntó con voz entrecortada.

–Muy sencillo. Me estás volviendo loco y quiero verte así, deseándome.

Levantándose hacia él, le suplicó más y lo ayudó a terminar de desvestirlos a los dos. Entonces una de sus piernas quedó sobre el hombro de Alexander y él comenzó de nuevo a excitarla con los hielos. La hizo esperar, esperar a que la acariciara en ese lugar. Y finalmente lo hizo, la acarició delicadamente interpretando con habilidad lo que ella deseaba.

Ellie susurró su nombre. Sabía que sólo él podía calmar lo que estaba sintiendo por dentro. Su cuerpo y su alma lo ansiaban, pero cuando comenzó a separarle los muslos...

Lo detuvo.

—No puedo hacerlo, Alexander...

Podría haberla llamado o haber ido tras ella cuando se levantó de la cama, pero al ver esos ojos asustados no se interpuso a su decisión de marcharse.

De modo que se quedó allí, inmóvil en la cama mientras ella se vestía en el baño. Oyó sus pasos hasta que se volvieron imperceptibles. Sabía que se había equivocado con Ellie. Lo que fuera que la asustaba no era tan malo como él había pensado; era peor.

Capítulo 7

DEBERÍA haberla seguido. No le gustaba dejar cabos sueltos, pero el embajador era uno de sus invitados esa noche, de modo que tuvo que quedarse en el yate, desde donde observó a un pequeño bote hinchable capitaneado por una chica. Esa actitud decidida que vio en ella le dijo que al menos se había recuperado y por ello se sentía aliviado.

Pero no sólo se había recuperado, sino que además antes de marcharse, Ellie se había asegurado de cumplir con todas las obligaciones impuestas por Luigi y lo había hecho con una compostura que lo había dejado atónito. Se había quedado hasta que el hombre le había dado permiso para marcharse.

La había observado mientras se movía entre sus invitados y los servía discretamente, incluso cuando ellos, con algunas copas de más, habían sido groseros con ella. Alexander apenas había prestado atención a lo que el embajador le estuvo diciendo, ya que su pensamiento estaba centrado en ella y en el deseo de defenderla.

Finalmente se alejó de la baranda del yate, después de asegurarse de que Ellie se encontraba bien. La joven se había ganado el corazón de la gente de la isla, pero él no podía entenderlo. Por ejemplo, no era griega de padre y madre y los habitantes eran muy

conservadores en ese aspecto. Su madre, de origen inglés, había regresado a la seguridad de sus raíces bur-
guesas abandonando al pescador griego. Eso debería
haber bastado para que la gente le hubiera dado la espalda, pero no fue así. Los más mayores de la isla habían llegado a aceptarla como una más, pero ni siquiera
así Alexander podía permitirle que se entrometiera en
su camino o hiciera que la gente se volviera en contra
de él.

Antes de alejarse del muelle, llamó a uno de sus
hombres.

—Asegúrate de que ese barco pesquero esté perma-
nentemente iluminado y también quiero que mi Fairli-
ne's esté listo para mañana.

El barco pesquero estaba balanceándose delicadamente sobre el agua, pero incluso mecida por los so-
poríferos ritmos de la marea, Ellie no podía relajarse.
Por lo general no tenía más que ponerse a contar peces
para quedarse dormida, pero no esa noche; esa noche
nada le funcionaba. Se sentía como si en su mundo tuviera que enfrentarse a tantos desafíos como peces había en el mar.

¡Lo cual explicaba por qué estaba vestida para el
Ártico, en lugar de para una cálida noche griega! El
pijama de invierno le cubría las muñecas y los tobi-
llos; con él se sentía segura y en absoluto atractiva,
pero principalmente segura.

Sentada en la cama, pensó que lo que llevaba
puesto era una armadura para protegerse de Alexander. No podía sacárselo de la cabeza por mucho que lo
intentaba. ¡Y ya eran las tres de la mañana! Todas las

luces se habían apagado en el Olympus... todas menos
una. Alexander nunca dormía. Debía de pasar las noches pensando y haciendo planes. No podía imaginárselo durmiendo como un bebé...

¿Pero por qué no podía dejar de pensar en él?

Se metió bajo las sábanas y apoyó la cara contra la
almohada. Había llegado el momento de contar peces.

El viento rozaba suavemente el rostro de Ellie
mientras se dirigía al muelle. Cuando llegó al puerto
vio una imagen que la obligó a contener las lágrimas:
todos los pescadores y sus familias se habían reunido
allí para darle la bienvenida a su nuevo hogar.

Cuando los saludó con la mano, algunas de las mujeres comenzaron a arrojar flores al mar. Era el saludo
tradicional que se le hacía en Lefkis a un marinero que
había regresado tras un largo viaje. Un viaje que, efec-
tivamente, ella había realizado en muchos aspectos.

Eso era por lo que estaba luchando; era por lo que
jamás podría dejar Lefkis, aunque tuviera que enfrentarse a Alexander.

No tenía más que parpadear y al instante él volvía a
estar en su mente. Por mucho que lo intentaba, no podía dejar de soñar con él y lo único que la consolaba
era que, al menos, en los sueños se encontraba a salvo.

Volvió a pensar en Alexander más tarde, cuando
estaba preparando el barco para la excursión prevista
para el mediodía. Cuando lo tuvo todo listo, sólo le
quedó esperar que los pasajeros encontraran el nuevo
muelle sin dificultad.

Ese nerviosismo que estaba sintiendo se trans-
formó en un hambre voraz. De una de las cafeterías

del muelle le llegó un aroma a comida. En poco tiempo, la boca ya se le estaba haciendo agua al imaginarse unos pasteles, café, zumo recién exprimido...

Eligió una cafetería en la que los pescadores y sus familias solían reunirse. Allí encontró a todo el mundo de muy buen humor. La saludaron afectuosamente y le aseguraron que estaban encantados con el nuevo puerto al que los habían enviado y especialmente con el bajo coste del alquiler.

De modo que Alexander no era un monstruo... Al menos, no, por lo que respectaba a los pescadores. El nuevo muelle les beneficiaría más en los meses de verano porque estando allí se encontraban más cerca de las mejores zonas de pesca en dicha estación. Además, él les había asegurado que volverían a su anterior muelle para pasar el invierno. Cuando ya no hubiera turistas..., supuso Ellie. Tenía que admitir que lo que le habían dicho los pescadores dejaba a Alexander en muy buen lugar.

Pero entonces, ¿por qué no le había contado lo mismo a ella? ¿Por qué había preferido seguir provocándola y molestándola? Tras decidir que no pensaría demasiado en ello, pidió su desayuno.

Tendría que darse prisa, aunque con un desayuno tan delicioso resultaba difícil no tomarse su tiempo para saborearlo bien. El zumo de naranja lo exprimieron delante de ella y los pasteles estaban recién sacados del horno. El café se lo habían servido negro como la tinta, aunque luego le habían añadido una pizca de leche, que ella endulzó con una cuchara de la exquisita miel griega.

Flexionando sus pies desnudos con satisfacción, estaba a punto de comenzar con su segundo pastel cuando por el rabillo del ojo vio a un hombre entrando en la cafetería.

–¿Señorita Mendoras?

–Sí, soy yo.

–Tengo una carta para usted.

Ellie tomó el sobre. El hombre llevaba el uniforme de los empleados de Alexander y el cuadrado de papel de vitela que le había entregado parecía una invitación. Ojalá el corazón dejara de martillearle el pecho para así poder concentrarse.

–Me han dado órdenes de que espere aquí a oír su respuesta, señorita Mendoras.

¿A qué estaba jugando ahora Alexander? Con una ligera sonrisa hacia el hombre, Ellie volvió la vista hacia el sobre para descubrirlo.

Como una invitación verbal no había funcionado la vez anterior, la estaba invitando formalmente a cenar a bordo del Olympus esa noche. Era una gran oportunidad de ver y hablar con los oceanógrafos que Alexander había contratado para ayudarlo a planear la ruta de la carrera de lanchas motoras, pero Ellie palideció. ¿Cómo iba a mirarlo a la cara después de lo que había sucedido la noche anterior?

Sin embargo se convenció a sí misma para hacerlo. ¿Acaso quería hacerle pensar que la había asustado? ¿Volvería a tener otra oportunidad de mostrar su preocupación por la carrera de lanchas si no acudía a esa cena?

Esbozó una sonrisa educada y se dirigió al hombre.

–Por favor, informe a *kirie* Kosta de que estaré encantada de asistir a su cena esta noche. ¿A las ocho en el Olympus?

El empleado de Alexander asintió con la cabeza a

modo de respuesta. Ella volvió la cara hacia su desayuno y comenzó a juguetear con unas migas de pan. ¿Pero qué había hecho? No tenía nada que ponerse... nada apropiado para una cena a bordo del Olympus.

Pero encontraría algo, decidió frotándose las manos contra su peto manchado de aceite. Estaba tan ocupada preguntándose cómo iba a hacerlo teniendo que ocuparse además de la excursión del mediodía que casi se cayó de la butaca cuando alguien la tocó suavemente en el hombro.

—No quería asustarte...

—¡Alexander! —sí que quería asustarla; no tenía la menor duda.

—No estaba seguro de que estuvieras aquí.

—Y yo estaba segura de que tú no estarías aquí —le respondió con agudeza tras recuperarse del sobresalto.

—Perdona por interrumpir tu desayuno.

Sin embargo, sus labios se estaban curvando de un modo que no reflejaba en absoluto una disculpa. De todos modos, ¿qué hacía ella mirándole los labios?

—No me has estropeado el desayuno. Ya había terminado —se bajó del taburete e intentó pasar por delante de él—. Disculpa...

—No tan deprisa.

Ellie no quería que volviera a suceder lo de la noche anterior. Se quedó allí, de pie, tercamente hasta que él no tuvo más remedio que apartarse.

—¿Entonces vas a venir esta noche?

—Ya le he dicho que sí a tu mensajero. Gracias —el corazón le latía con fuerza mientras rebuscaba en los bolsillos algo de dinero para pagar el desayuno.

—Déjame pagar —se ofreció.

—No tienes por qué hacerlo.

Por fin encontró un billete arrugado y, aliviada, corrió a pagar.

—No, tu desayuno corre a cuenta de la casa —insistió el propietario de la cafetería mientras rechazaba el dinero—. Es un obsequio para darte la bienvenida a tu nuevo hogar. En Lefkis apreciamos mucho a esta chica —le dijo a Alexander.

—No es necesario —dijo Ellie riéndose y algo avergonzada—, pero gracias. Y si alguien de tu familia quiere hacer una excursión en mi barco algún día...

—¿Los veintinueve? —preguntó el hombre extendiendo los brazos y riéndose.

—Entonces daré varios viajes —le respondió sonriendo—. Ahora tengo que irme, si me disculpáis —su voz se endureció al mirar a Alexander.

—Por supuesto... —le hizo una cómica reverencia cuando ella pasó por delante de él.

¿Todo lo que hacía ese hombre tenía que ponerla nerviosa? Al salir a la calle, respiró hondo y se miró las manos para comprobar si le temblaban tanto como a ella le parecía. ¡Alexander! Ese hombre era...

—¡Un auténtico héroe!

Ellie se volvió para ver a un grupo de mujeres de la isla mirándolo embelesadas. Era lo último que necesitaba. Alexander y su club de fans. ¡Ahora su arrogancia crecería por momentos!

—¿No puedes dejar la excursión para más tarde y venir a la celebración? —le preguntó él cuando la alcanzó.

—¿Celebración?

—Unas bebidas que voy a ofrecer en el muelle. Quiero asegurarme de que todo el mundo está satisfecho con los cambios. Es una pena que no puedas acompañarnos, ya que fuiste tú la que propuso que viniera a verlos.

–Tengo una excursión al mediodía, así que me temo que no podré ir.

–No importa. Ya lo compensaremos esta noche.

Tragó saliva. Eso era precisamente lo que le daba miedo.

–Te veo en la cena –le dijo arrepintiéndose ya de haber aceptado la invitación.

–Lo estoy deseando.

«Seguro que sí», pensó Ellie.

No tenía nada que ponerse. Absolutamente nada. Era un auténtico desastre. ¿Cómo iba a convencer a la gente para que la tomaran en serio cuando todos llevarían ropa de noche y ella unos trapos manchados de aceite? ¿Por qué tuvo que aceptar la invitación? Ella nunca salía a cenar, nunca iba a ninguna parte. ¿Cómo iba a tener ropa apropiada para cenar en el yate de un multimillonario?

Ese día la excursión había sido maravillosa y el barco estuvo lleno de gente entusiasmada. Además, tampoco quedó un asiento libre para el siguiente viaje. ¡Fantástico! ¡Brillante! Aunque seguía preocupada por el efecto que las carreras de lanchas tendrían en el océano. Podría no haber más excursiones si Alexander y su gente elegían la ruta equivocada, y eso significaba que tendría que asistir a la maldita cena aunque tuviera que llevar puestos unos paños de cocina a modo de toga.

Con sólo media hora por delante, Ellie aún no sabía qué ponerse. Y por si eso fuera poco, aún tenía el pelo envuelto en una toalla después de haberse duchado y, tras un día entero en el mar, iba a tener que prestarle muchas atenciones. Tenía que hacer algo y pronto...

Mirando con el ceño fruncido por el ojo de buey, de pronto vio el cielo abierto. Corrió hacia la cubierta y al detenerse junto a la baranda comenzó a agitar los brazos frenéticamente. Después de gritar tan alto como pudo, respiró aliviada al ver que había logrado llamar la atención de la joven camarera que la había ayudado la noche anterior.

Capítulo 8

¿**P**UEDES ayudarme? –parecía una tarea imposible y además a Ellie no le gustaba el tener que volver a pedirle ayuda. Era una chica preciosa, alta, delgada, con los ojos negros y brillantes y una cascada de pelo color ébano que le llegaba a la espalda. Tenía la nariz pequeña y una piel perfecta.

Se cubrió la cicatriz de la mejilla hasta que la joven le apartó la mano con ternura.

–Claro que puedo ayudarte –le dijo dándole un apretón de manos.

–Me temo que no tengo nada más que darte –dijo, teniendo la delicadeza de no fijarse en la cadena que había pertenecido a su madre y que ahora destellaba sobre la piel color aceituna de la chica.

–No quiero que me des nada –le dijo con una cálida mirada–. Vamos a empezar. Será divertido.

–Bueno, ¿qué os parece? –la joven les estaba preguntando a sus amigas y familiares, que se habían apiñado en la diminuta habitación para admirar el resultado final.

Para alivio de Ellie, la respuesta fue positiva por unanimidad. Tal vez, después de todo, no había tenido una idea tan mala. Las mujeres vestían los trajes tradicionales con motivo de la fiesta que Alexander había declarado ese día, pero a ella le habían puesto un fabuloso vestido ajustado y un par de tacones altísimos. Nunca en su vida había llevado nada así de glamuroso, pero ahora se sentía como Cenicienta después de recibir la visita de las hadas madrinas.

En la pequeña habitación el entusiasmo iba en aumento. Alexander había organizado un espectáculo de fuegos artificiales y habían instalado puestos de caramelos y helados para los niños. Todo estaba iluminado y decorado con banderines y más tarde habría música para que los hombres pudieran bailar las orgullosas danzas de Lefkis... ¡Y allí estaba la mujer que había recibido una invitación personal de parte de ese mismo hombre!

¡Y estaba temblando!, sin poder disimularlo demasiado bien.

−¿Y tú cómo te ves, Ellie?

Ellie no supo muy bien cómo responder, de modo que se limitó a abrazar a su nueva amiga.

¿Que qué pensaba?

«¡Guau!». No estaba muy cualificada para opinar, sus conocimientos sobre moda eran muy limitados, pero no había duda de que estaba muy cambiada. El vestido escotado se ceñía a sus pechos y hacía que su cintura pareciera diminuta. Ya había olvidado lo grande que tenía el pecho y además, resultaba bonito con ese brillo bronceado, color miel. Y esas caderas... ¿de dónde habían salido? El vestido le moldeaba las nalgas y las convertía en una auténtica declaración de sensualidad más que en algo cómodo sobre lo que sentarse.

−Creo que el vestido es absolutamente precioso

–dijo sinceramente–. No sé cómo darte las gracias por habérmelo prestado –cuando dio una vuelta, todas las mujeres empezaron a reírse y a aplaudir.

Incluso les dio tiempo a arreglarle el pelo, recogiéndoselo a los lados y adornándolo con unas pequeñas flores. A Ellie ni siquiera le importó que ese peinado le dejara la cicatriz al descubierto.

Las chicas la habían maquillado y le habían dado un toque de perfume. Mirarse en el espejo fue como ver reflejada a una persona totalmente diferente.

–Tu padre estaría muy orgulloso de ti –le dijo una de las chicas cuando salía por la puerta–. Sé feliz, Ellie.

Un camarero en un elegante uniforme blanco acompañó a Ellie hasta la puerta del comedor. Una vez allí tendría que entrar sola. Cuando el hombre se disponía a abrir las puertas, le pidió que esperara un momento. Necesitaba tomar aire. Subir a bordo del Olympus sola era una dura prueba para ella; se sentía como si estuviera dejando atrás territorio conocido y adentrándose en otro reino.

–Gracias –dijo finalmente, esbozando con dificultad una sonrisa antes de alzar la barbilla y entrar en la sala.

Por un instante quedó cegada por las luces; había lámparas de araña iluminándola desde el techo y velas parpadeando sobre la mesa. Le llevó algunos segundos el darse cuenta de que era una gran cena, con todo el mundo vestido de gala, y no una pequeña reunión de científicos. Todo el mundo se volvió para mirarla y se quedó en silencio. Se sintió ridícula con esa ropa a la que no estaba acostumbrada e insegura, como si estuviera desnuda delante de toda esa gente.

Junto al extremo más alejado de la mesa, un hombre estaba de pie, solo. Alexander estaba especialmente imponente. Había mujeres merodeando a su alrededor; bellas mujeres, mujeres cuyos vestidos decían claramente que el de Ellie era una copia y los suyos los auténticos. Pero eso fue lo que le infundió coraje. No podía sentirse más orgullosa de haber estado en la casa de la joven, en esa casa donde le habían ofrecido toda su generosidad.

Las mujeres la estaban mirando y sus labios elegantemente pintados se estaban moviendo con expresión burlona... No le importaba.

Sin bajar la mandíbula, siguió allí de pie.

—Ellie... —la voz de barítono de Alexander captó la atención de todos los presentes—. Señoras y caballeros, permitan que les presente a Ellie Mendoras.

¿Se suponía que tenía que avanzar hacia él, que la estaba esperando de pie junto a la mesa? ¿Quería verla sufrir la humillación de caminar la distancia que la separaba de la mesa bajo la atenta mirada de todo el mundo?

Eso parecía. Así que alzó la barbilla de modo desafínate y comenzó a avanzar.

Se quedó boquiabierto. La entrada de Ellie lo había dejado completamente aturdido. Estaba deslumbrante. Era la mujer más atractiva que había visto nunca. Lo que hubiera pensado de ella antes ya lo había olvidado. ¿Dónde había estado escondiéndose una mujer así? ¿Por qué...?

Bueno, eso no importaba ahora... El deseo lo invadía, lo hacía sonreír absolutamente admirado. No podía apartar la mirada de ese cuerpo voluptuoso ni de esa piel suave y bronceada. El pelo le caía sobre su espalda desnuda de un modo que lo hacía desear poder hundir los dedos en él y echarle la cabeza hacia atrás para besarle el cuello...

Cuando quiso darse cuenta, Alexander ya estaba a su lado. Ella, pensando en la humillación, no se había percatado de que tan sólo había estado allí de pie sola unos segundos, aunque con todas esas miradas condenatorias puestas en ella, los segundos le habían parecido horas. Y ahora, aunque resultara increíble, él se estaba ofreciendo a acompañarla a su asiento.

–Ellie –le tendió el brazo como si ella fuera su más preciada invitada y la llevó a su asiento, que resultó estar cerca de la puerta, y a mucha distancia del de Alexander–. Estoy seguro de que disfrutarás de la compañía de dos de nuestros eminentes catedráticos –le dijo mientras le retiraba la silla.

La recorrió un escalofrío por la espalda al sentir a Alexander tan cerca de ella, pero incluso cuando él había vuelto a su sitio, desde donde presidía la mesa, ella seguía temblando.

Fue un alivio descubrir que las habilidades sociales de Alexander eran tan buenas que la conversación en la mesa comenzó casi de inmediato.

Ellie se encontraba sentada entre un hombre y una mujer. Alexander no había exagerado al decir que había invitado a los mejores científicos del mundo para que le aconsejaran sobre la mejor ruta para la carrera de lanchas.

Se fue relajando poco a poco y pronto olvidó los comentarios mordaces y las crueles miradas. Después de todo, los vestidos de diseño era lo que menos le importaba en ese momento. La conversación con los dos científicos la tenía demasiado absorbida como para pensar en moda. A medida que esa conversación avanzaba iba viendo a Alexander de un modo completamente distinto y por esa razón lo miró en más de una ocasión con la esperanza de que él la mirara. Quería demostrarle que se había dado cuenta de que no era el monstruo que le pareció ser en un principio, sino un hombre profundamente generoso que le había dado especial atención en su agenda a la conservación del océano.

Sin embargo, eso no era suficiente. Ellie también quería que la mirara continuamente del mismo modo que lo había hecho al acompañarla a su asiento. Esa mirada le había quitado el miedo por los hombres y le había abierto un nuevo mundo de posibilidades.

Excusándose, Ellie buscó refugio en el lavabo de señoras. Necesitaba pensar. Debía disculparse ante Alexander por haberlo juzgado mal, pero no se atrevía a pedirle que se vieran en privado después de sus anteriores encuentros. En esa ocasión quería llevar las cosas con más calma, tener tiempo para saborear el momento. Aún estaba pensando en las tácticas que emplearía cuando oyó la puerta del lavabo abrirse. Estaba a punto de ser acorralada por alguna de las sofisticadas invitadas de Alexander. ¿Solución? Buscar refugio en algún cubículo hasta que ya no hubiera peligro.

Sólo unos segundos dentro de ese espacio cerrado

fueron suficientes para darse cuenta de que olía a bolas de naftalina. Sólo fue suficiente un momento más para darse cuenta de que las risas que se oían tras la puerta iban dirigidas a «Naftalina Ellie», como la estaban llamando.

¿Realmente era el adefesio que ellas estaban describiendo? ¿De verdad estaba tan fuera de lugar?

Sí, definitivamente estaba fuera de lugar y en eso tenía que darles la razón, pero cuando la cruel conversación se centró en su cicatriz y empezaron a sugerir que tal vez había sido obra de Alexander y que sólo por eso él había tolerado que estuviera a bordo de su yate, Ellie pensó que ya había oído demasiado.

—Alexander jamás haría nada parecido —dijo en su defensa, abriendo bruscamente la puerta.

Las mujeres, impactadas, se volvieron hacia ella.

—Me ha invitado porque sabe que estoy muy interesada en proteger las aguas que rodean Lefkis —corrió a explicar— y sólo por eso.

Pero con esas palabras no había convencido a ninguna de las mujeres. Peor todavía, les había dado lo que querían oír.

De modo que ahora además de rara y vulgar, la considerarían una persona aburrida.

—Disculpadme —dijo educadamente al pasar por delante de ellas.

—¿De qué o de quién estás huyendo ahora?

Ellie se detuvo justo al salir por la puerta. Lo último que habría esperado era que Alexander la estuviera esperando allí.

—No estoy huyendo de nada —le aseguró.

—¿De verdad?

Había llegado el momento de poner a prueba sus

escasas técnicas de seducción. Probaría con la sonrisa felina y unos ojos entrecerrados.

La expresión de admiración en los ojos de Alexander se volvió fría. Un frío que le heló el corazón. Lejos de atraerlo con su sexy mirada, parecía haberlo ofendido, pero ¿cómo era posible?

Ellie se dio cuenta de que en el lavabo había un silencio sepulcral. Podía imaginarse todas esas ávidas orejas contra la puerta. Sabía que las mujeres habían estado especulando sobre la posibilidad de que existiera una relación entre Alexander y ella. Parecía que ahora iban a tener la prueba de que él la odiaba.

No podía soportarlo.

—¿A qué estás jugando, Ellie?

—No sé qué quieres decir.

—¿No lo sabes? —preguntó en una voz que no pudo ser más fría.

—No te entiendo, Alexander. ¿Qué he hecho mal?

—No tienes más que oír la conversación que hay en la mesa para saberlo. Todo el mundo está hablando de la nueva y glamurosa amiga de Alexander Kosta; una chica de la isla, camarera, hija de un pescador...

—¿Y qué tiene eso de malo? —Alexander había hablado como si fuera algo de lo que Ellie tuviera que avergonzarse. ¿Debería avergonzarse de formar parte de esa maravillosa isla? ¿Debería avergonzarse de ser la hija de un pescador? ¿O era Alexander el que debería sentir vergüenza por estar comportándose de ese modo?

—He de decir que se te da muy bien hacerte la inocente.

–No tengo nada que ocultarte y absolutamente nada de lo que avergonzarme –le respondió con la barbilla alzada.

–¿Nada? Deja que te mire –la observó de pies a cabeza.

–¿Qué tiene de malo mi aspecto? Una amiga me ha prestado este vestido. Una amiga, Alexander, ¿sabes lo que es eso? –dijo queriendo devolverle el daño que él le había hecho a ella–. Y me siento muy orgullosa de ser de la isla.

–¡Pero si ni siquiera eres griega! Y aun así no pierdes oportunidad de erigirte como defensora de la isla y de causarme problemas. ¿Por qué lo haces, Ellie? ¿Es para estar cerca de mí?

–¿Cerca de ti? –exclamó con incredulidad–. No se me ocurre ni una sola razón por la que quisiera estar cerca de ti.

–¿En serio? –observó Alexander con una sonrisa que en absoluto fue amable–. Entonces será mejor que les preguntes a todas las otras mujeres que me buscan lo que quiero decir. Pero déjame avisarte, Ellie Mendoras, tus esfuerzos, al igual que los de ellas, no sirven de nada conmigo.

–¿Mis esfuerzos? Creo que eres el hombre más vanidoso que he conocido.

–Sí, tus esfuerzos. ¡Mírate! Mira cómo estás vestida. Pareces una descarada que sólo busca provocar.

–¡Bruto arrogante! –dijo antes de echar a andar.

No podía evitarlo. Haber visto a Ellie cambiada de esa forma tan radical lo había desconcertado. Le había recordado a su esposa, a su ex esposa.

–Te has esforzado demasiado. ¿No ves que estás ridícula? –le gritó.

Ella se detuvo en seco y se giró. Estaba atónita y mientras lo miraba, Alexander comprendió que se había equivocado, pero aun así no podía evitarlo. Estaba demasiado anclado en el pasado y no podía superarlo.

–Te dejas el pelo suelto y lo adornas con flores de la pasión. ¿Creías que no iba a darme cuenta? ¿Me tomas por un idiota?

–No, Alexander, nada de eso. Creo que sabes exactamente lo que estás diciendo y que sabes lo mucho que me está doliendo. Felicidades. Debe de complacerte saber que puedes hacerme tanto daño.

Fue hacia ella y la llevó contra una pared. Ellie no se estremeció, se mostró fuerte y eso lo enfadó aún más; parecía estar siguiendo los pasos de su mujer. Primero jugaba a ser la chica sencilla, fresca y virginal y luego era la vampiresa con los ojos puestos en el dinero.

Por un momento Ellie pensó que podría llegar a arrancarle las flores del pelo, pero luego se dijo que él jamás haría algo así y que sólo tenía que esperar y darle tiempo para reponerse de lo que fuera que le estaba sucediendo. Ya lo había visto enfadado antes, pero nunca hasta ese punto.

–¿Llevas el pelo recogido así para lucir tu cicatriz? Eso es lo que están diciendo ahí dentro –miró hacia el comedor–. Si yo te rechazo, ¿crees que vas a recibir algún voto de simpatía de parte de los otros hombres?

¿Los otros hombres? No había pensado en eso. Ellie se tocó la cicatriz, horrorizada por el hecho de que Alexander pudiera pensar así.

–¿Has terminado? ¿Se te ocurre algo más desagradable que decirme? ¿O eso es todo?

–¡Pareces una fulana! Pareces una fulana barata y estúpida...

–Y tú pareces un... –se detuvo únicamente porque el grupo de científicos acababa de verlos.

–¡Ah! Ahí está –dijo uno de ellos al ver a Ellie.

Ignoraban lo que estaba sucediendo. Debían de ser los únicos ingenuos a bordo.

–Estábamos hablando de ti, querida, y diciendo lo mucho que admiramos tu trabajo. Nos encantaría que te unieras a nuestro equipo, siempre que puedas sacar tiempo, claro. El conocimiento que tienes de este lugar nos sería muy valioso.

Ellie asintió atontada. Aún estaba intentando recuperarse del ataque al que la había sometido Alexander y no podía encontrar voz para hablar. Más que eso, no se atrevía a hablar, no confiaba en lo que podría llegar a decir. Se sentía una mujer fracasada y lo peor de todo era que Alexander había visto en ella lo que aquel hombre debió de haber visto años atrás. Tal vez sí que era una fulana. Tal vez había sido responsable de todo lo que había ocurrido entonces. Si Alexander creía que era una provocadora, tal vez el amigo de su madre también lo había pensado. Y si eso era cierto entonces toda su vida estaba cimentada sobre una mentira. Ya ni siquiera podría decir que lo que le había ocurrido todos esos años atrás había sido una violación.

–Gracias –logró responder educadamente. Tenía que evitar pensar en Alexander y concentrarse en lo que realmente le importaba–. Estaré encantada de ayudaros –les dijo, y luego, con más calma de la que jamás se hubiera creído capaz, se volvió hacia Alexander y dijo–: Buenas noches, *kirie* Kosta, y gracias otra vez por su hospitalidad.

–Ellie, vuelve aquí.

La voz de Alexander la siguió por el pasillo, pero se negó a escucharlo. Estaba concentrada en aparentar estar calmada y en controlar sus pasos. Mantuvo la barbilla alta sin dejar de decirse que no le importaba lo que él pensara de ella.

Pero no era así. Él la había hecho sentirse sucia otra vez; sucia y avergonzada.

Capítulo 9

SE HABÍA pasado toda la noche dando vueltas en la cama, preguntándose si se había vuelto loco al comparar a Ellie con su ex mujer, una mujer que en lugar de corazón tenía una caja registradora. Porque jamás había dudado de que Ellie tuviera corazón. De hecho tenía un corazón tan grande que quería cambiar el mundo y cambiarlo a él en una sola tarde. Un poco ambiciosa, tal vez, especialmente en lo que respectaba a él.

Había cometido un error; un gran error. Pero Ellie tampoco estaba exenta de culpa. Él se había tomado la molestia de ayudarla presentándosela a unos científicos que hablaban su mismo lenguaje y ella le había devuelto el favor vistiéndose como lo habría hecho su ex mujer, con la clara intención de atraer a todos los hombres presentes en la cena. ¿Qué se suponía que tenía que pensar después de haberla visto sufrir una transformación tan radical?

Quería pensar bien de ella, pero las experiencias pasadas se lo impedían. No había duda de que Ellie había invadido su vida. Ahora tenía dos opciones: ignorarla o ir a verla y dejar las cosas claras.

Miró por la ventana. Estaba echando cubos de agua que sacaba del mar sobre la cubierta para luego fregarla. El modo en que se movía, su flexibilidad, su fuerza, su agilidad...

Se había recuperado muy rápido de lo sucedido la noche anterior. Tal vez no se había equivocado al pensar que era una provocadora.

La expresión de Alexander se ensombreció. Ellie Mendoras era una arpía y una mujer resuelta que estaba dispuesta a salirse con la suya. El que fuera más inteligente que su ex mujer no implicaba que tuviera que confiar más en ella; la razón le dictaba justo lo contrario, que debía confiar menos. Había llegado el momento de dejar de pensar y de actuar. No estaba dispuesto a tolerar que las cosas quedaran como estaban, no podía permitir que Ellie comenzara a extender su descontento por toda la isla. Era una joven impredecible y llena de pasión. Necesitaba que alguien la hiciera entrar en vereda y él se sentía con ánimos de hacerlo.

Ellie estaba inmensamente dolida y enfadada tras lo sucedido la noche anterior, pero sabía que concentrarse en la próxima excursión le vendría bien.

Era meticulosa con los preparativos diarios del barco. El tema de la seguridad, en particular, era del que estaba más pendiente. Ese día había comprobado el funcionamiento de la radio en dos ocasiones. No quería volver a cometer ningún error porque, si lo hacía, Alexander podría llegar a quitarle la licencia.

Alexander... Alexander... ¿Es que no podía sacarse a ese hombre de la cabeza? Tras volver en taxi del Olympus la noche anterior, se había encerrado en su barco y había llorado hasta acabar completamente exhausta. No tenía intención de convertirse en una víctima; hacía años que se había hecho esa promesa. Pero había aprendido una cosa: el no confiar en los hombres no era suficiente para mantenerla a salvo del dolor.

Tras lavar, secar y planchar con sumo cuidado el hermoso vestido que le habían prestado, lo guardó hasta poder devolvérselo a su dueña. Se sintió triste mientras lo guardaba en la bolsa. Tras las feas acusaciones de Alexander, el vestido que con tanta felicidad había llevado parecía estar manchado; ella lo había manchado.

Desde su posición privilegiada en la mesa de una cafetería, la observó mientras recibía a la gente a bordo del barco. Tenía que admitir que esa chica tenía paciencia. Fue especialmente atenta con los miembros más mayores del grupo y con las madres que iban cargadas con más equipaje del que se necesitaría para un crucero de fin de semana.

Le costaba dejar de mirar. Le costaba creer que pudiera ser tan buena actriz, pero ya sabía que Ellie Mendoras podía ser lo que quisiera ser: griega, inglesa... lo que mejor le conviniera según el día.

Su mujer también había sido buena actriz. Recordó las mentiras que le había contado. Le había dicho que Lindos era su amigo, su confidente. Que no debía sospechar por el hecho de que siempre compartieran confidencias en el dormitorio ya que él era un hombre mayor que no siempre se sentía con fuerzas para levantarse de la cama.

Alexander había sabido que lo mentía. Le había dicho que se fuera y ella lo había hecho sin causar ningún alboroto porque en aquel momento le había parecido que salía ganando con el cambio. Por supuesto, por aquel entonces, Alexander aún no había hecho fortuna. La última vez que la había visto, la había encontrado borracha y estaba perdiendo su belleza. Al parecer, Lindos la pegaba.

Y ésa había sido la primera y la última vez que una mujer lo había engañado...

Retiró la silla y buscó dinero suelto en el bolsillo trasero de sus vaqueros. Aún tenía asuntos que atender. Nadie se alejaba de él hasta que él dijera que podía hacerlo y eso incluía a la joven que estaba a punto de zarpar en su barco pesquero.

No se había percatado del gran yate amarrado lejos de la costa. ¿Cómo podía no haberse fijado en el Olympus? Le hacía sentirse incómoda, como si Alexander quisiera vigilarla.

Bueno, de todos modos no había nada que ella pudiera hacer al respecto. No necesitaba preocuparse por la repentina presencia del Olympus en el mar. ¡Seguro que Alexander no estaba allí por ella! Ya lo había dejado muy claro la noche antes, y la verdad era que le parecía bien.

Muy bien.

Es más, se sentía aliviada por ello.

Tras apartarse el pelo de los ojos, comenzó a ofrecerles el discurso de bienvenida a sus pasajeros.

Al ver a todo el mundo acomodado en sus asientos, miró nerviosa el reloj. Durante el recorrido dejaba el barco en determinadas zonas para recoger del mar los especímenes de los que luego hablaba y para ello necesitaba ayuda. No podía estar pendiente de los pasajeros mientras recolectaba las muestras y para ocuparse de esa tarea contrataba a algunos de los chicos de la isla. Pero esa mañana su ayuda llegaba tarde.

Peinó el muelle con la mirada. No podía retrasarse mucho más porque de lo contrario perdería la marea. Sólo le quedaba esperar que el chico que le habían recomendado para la excursión de ese día apareciera pronto.

Tras volverse hacia los pasajeros, vio satisfecha que parecía un grupo simpático y agradable y tomó posición tras el timón que antes había manejado su padre. Si cerraba los ojos aún podía verlo... fuerte y bronceado, con sus manos maltratadas por el clima aferrándose a ese mismo timón. La hacía sentirse feliz y triste a la vez el estar en su barco. El mar que amaba, y que su padre había amado también, en ocasiones podía ser muy cruel y podía llevarse a los mejores hombres.

Inspirada por esos recuerdos, Ellie comenzó a contar su primera historia del día. Con la cabeza bien alta les explicó cómo su padre le había contagiado el amor por el océano y le había dicho que era su herencia, la herencia de todos, y que debía protegerlo.

Por eso, bajo ningún concepto, permitiría que Alexander Kosta destruyera esa herencia, se juró en silencio. Acababa de empezar a contar cuál sería la ruta del día cuando algo cambió, algo que no se podía definir, pero que fue como una corriente eléctrica en el aire que le erizó el vello del cuello.

—Espero no llegar demasiado tarde.

Lo único que evitó que echara a Alexander del barco inmediatamente fue que no podía perder el control delante de sus pasajeros. Pero ¿qué demonios estaba haciendo allí? Después de todo lo que le había dicho la otra noche, ¿cómo se atrevía a pisar su barco como si también le perteneciera?

—¿Qué quieres, Alexander?

—No es el recibimiento que esperaba —admitió. Ellie pudo ver que la gente no podía creerse quién había subido a bordo. Todos conocían a Alexander Kosta. ¿Quién no conocía al hombre que había añadido una isla a su lista de la compra?

A diferencia de ella, Alexander parecía estar completamente relajado, vestido como un pescador y saludando a los pasajeros, que se mostraban encantados con él. Era una pena que ella no pudiera decir lo mismo. Para esa gente Alexander Kosta era una celebridad de primer orden, además de ser muy atractivo, algo que ninguna mujer a bordo ni ella misma habían pasado por alto. En general, era un hombre que atraía a todo el mundo. Era como un imán.

—¿Ya has terminado con mis pasajeros? —le susurró cuando Alexander volvió a su lado.

—No del todo —le respondió con una pícara sonrisa.

—Dime, ¿por qué estás aquí? ¿Has venido para insultarme un poco más?

—Eso depende de...

—¿De qué? —le interrumpió enfadada.

—De lo bien que te portes.

Ellie volvió la mirada hacia la orilla.

—Ya puedes ir bajando de mi barco.

—Eso no es muy amable por tu parte, Ellie.

—O te bajas ahora o vuelves nadando. Yo abandono el puerto ahora mismo.

—No voy a ninguna parte.

Lo miró. Tenía sus pies descalzos plantados firmemente sobre la cubierta, lo cual significaba que tendría que llamar a la policía si quería moverlo de allí. «Pero ahora la policía trabaja para él...».

—Esto es piratería.

—¿Y toda esta buena gente serán tus testigos cuando me lleves a juicio?

No había duda de que tenía mucha confianza en sí mismo. Sabía que la tenía atada de pies y manos hiciera lo que hiciera. Y dado que le pertenecía la isla entera, ella no podía más que suponer que también tenía a los jueces metidos en el bolsillo. No tenía ningún poder contra él, admitió furiosa. Se giró, dándole la espalda a sus pasajeros con la esperanza de que no se dieran cuenta de lo que estaba sucediendo.

—Eres despreciable...

—Me han llamado cosas peores —le respondió tranquilamente—. ¿No deberíamos zarpar ya? —preguntó con toda inocencia.

—No te incluyas al hablar, Alexander —pero él tenía razón. La marea estaba cambiando. Ellie podía detectar el ritmo del agua bajo sus pies descalzos. Su padre le había enseñado a sentir las diferentes corrientes que pasaban bajo el barco y en ese nuevo muelle tenía que tener cuidado porque de lo contrario podían acabar encallados en un banco de arena. ¡Al «señor Arrogante» eso le haría mucha ilusión!

Tenía que tomar una decisión muy simple: o cancelar la excursión o abandonar el muelle de inmediato.

Cuando se giró para mirarlo, él estaba secándose su bronceada frente con un fuerte antebrazo. Se quedó quieto, observándola mientras ella lo miraba a él.

No podía permanecer inmune a Alexander por mucho que lo intentara, tuvo que admitirlo con frustración. Pero había llegado el momento de partir, ya lo había mirado demasiado. Volvió la vista hacia el muelle suplicando en silencio que apareciera el chico al que estaba esperando. No hubo tal suerte.

—Parece que no tienes otra alternativa que llevarme como parte de la tripulación.

—¿Estás ofreciéndome tu ayuda?

—¿La necesitas?

No se molestó en ocultar una amplia sonrisa.

—Muy bien, te pondré a prueba —accedió a regañadientes.

Alexander le hizo una reverencia con aire burlón y a continuación comenzó a desatar cuerdas y, en general, a prepararlo todo para zarpar.

—¿Es ésta tu forma de hacerme callar? ¿Anulando mi licencia para organizar excursiones? —le preguntó con voz entrecortada mientras trabajaban el uno al lado del otro.

—¿Por qué eres tan desconfiada? —preguntó fingiendo sentirse decepcionado con ella—. ¿No te fías de mí?

—Ni lo más mínimo —lo miró fríamente, intentando no verlo como a un hombre. Pero no lo logró—. La confianza hay que ganársela, Alexander.

Ese comentario pareció divertirlo.

—Prometo hacerlo mejor, jefa...

—Empieza por levar el ancla —le dijo bruscamente—. Hay demasiado trabajo para estar aquí hablando contigo.

—Sí, mi capitán.

Intentó ignorar la gracia con la que Alexander se había columpiado sobre una cuerda antes de volver a dirigirse a ella.

–¿Ya estás tirando la toalla, Ellie? –murmuró.

–¿Y ponértelo fácil? –tenía la cara de Alexander demasiado cerca, demasiado–. Olvídalo –mientras lo miraba con desdén deseó que su pulso se calmara, pero sintió que él ya debía de haberse dado cuenta de cómo le estaba palpitando en el cuello. A Alexander nunca se le pasaba nada por alto.

Lamentablemente, era inevitable que se rozaran estando en el barco. Eso era lo que Ellie se decía mientras trabajaban el uno al lado del otro. Tenía que resistirlo.

Pero al pasar un rato, en lugar de temer que Alexander volviera a tocarla, descubrió que lo estaba deseando. Y cuando podía, lo miraba disimuladamente y disfrutaba viéndolo trabajar, con el torso descubierto y empleando al máximo ese cuerpo fuerte y bronceado. Como entretenimiento no estaba nada mal.

Después de lo sucedido la noche anterior, se había dicho que no quería volver a verlo, pero ahora ya no estaba tan segura...

Cuando el viejo barco de pesca abandonó el muelle, pudo ver que Alexander se comportaba como si hubiera nacido para estar en el mar.

Lo cual era cierto, tal y como le habían contado. Alexander Kosta había nacido en una isla vecina, en el seno de una familia modesta. Era una pena que hubiera dejado de relacionarse con la gente de la que decía preocuparse tanto. Por supuesto, el estar allí, en su barco, podía ser una oportunidad para volver a sus raíces... O tal vez era simplemente una oportunidad de encontrar una excusa para echarla de la isla de una patada. Fuera como fuera, Ellie tenía que admitir que había terminado las tareas que le había ordenado en menos tiempo del que habría empleado cualquier otra persona.

Dejó sus ensoñaciones al ver a Alexander caminar hacia ella con actitud relajada.

—¿Alguna otra orden para mí, capitán? —preguntó con ironía.

—Sí, respóndeme sinceramente. ¿Por qué estás aquí?

—Asuntos pendientes...

—¿Pendientes? No creo que anoche te dejaras nada por decir, a menos que te hayas acordado de más insultos que olvidaste decirme —lo miró fijamente, pero tuvo que apartar la vista cuando los pasajeros comenzaron a hablar con ella.

Ellie cambió de actitud; como ellos decían, hacía un día maravilloso y tenían suerte de poder pasarlo en el mar. Pero a pesar de todo, la presencia de Alexander seguía distrayéndola. Había comenzado a desplegar las velas y estaba caminando sobre el penol con los pies descalzos y los vaqueros remangados revelando así unos fuertes músculos en sus gemelos. Tuvo que apartar la vista de inmediato para poder concentrarse, aunque ya era demasiado tarde.

—Dime lo que quieres, Alexander, y así podremos dejarnos en paz el uno al otro durante el resto del viaje —le dijo cuando él se unió a ella junto al timón.

—No puedo hacer eso —respondió sencillamente mientras sonreía a los pasajeros.

—¿Por qué no?

—Porque quiero conocerte. Porque es mi trabajo saber todo lo que se mueve dentro de mi esfera de influencia.

—¿Tu esfera de influencia? Creo que deberías leer

la ley marítima. Éste es mi barco, no tu isla. Aquí no tienes jurisdicción.

—Excepto cuando regreses al puerto —murmuró muy cerca de su oreja.

Ella sintió un cosquilleo.

—A mi puerto —añadió.

—No me amenaces —le advirtió, pero cuando se volvió a mirarlo el corazón comenzó a latirle con demasiada fuerza. Los ojos de Alex eran increíbles. Increíblemente crueles y despiadados. Apartó la mirada y alzó la mandíbula con gesto desafiante.

Pero entonces empezó a pensar en algo. Nunca había besado a un hombre debidamente; aquel hombre inglés ya se había asegurado de que no lo hiciera. ¿Cómo podía haber querido besar si asociaba el contacto con un hombre con la violencia? Hasta que Alexander la besó no se había visto tentada a hacerlo.

Le costó volver a la realidad, pero lo hizo tan pronto lo vio charlando otra vez con sus pasajeros.

—Lo tenemos todo a nuestro favor para disfrutar de una agradable travesía.

Tras asegurarse de que nadie estaba escuchándolos, lo desafió diciéndole:

—Me sorprende que quieras malgastar tu preciado tiempo con una fulana.

—Ya te he dicho que tengo que conocer todo lo que forme parte de mi mundo.

—Es una suerte que yo no forme parte de tu mundo.

—¿No vivías en Lefkis?

—Alexander, si no te importa, tengo que manejar un barco.

—Estoy aquí para ayudarte, Ellie y nos queda todo un día por delante.

—Entonces vete acostumbrándote a que te ignore. Sé por qué estás aquí.

—¿En serio?

—Has venido a espiar. Estás aquí para juzgarme.

—Eres tú la que siempre me está juzgando duramente.

—¿Eso hago? —dijo fingiendo sorpresa—. Me preguntó por qué será. A lo mejor podrías decirme qué le ha pasado al chico que debería estar ayudándome hoy.

—Le di el día libre. Espero ser un buen sustituto.

—Lo eres —tuvo que admitir—, pero en el futuro deja que yo me ocupe de elegir a mis empleados.

—¿Empleado, yo?

¡Por fin! ¡Ellie había marcado un punto! Se sentía feliz, pero se forzó a mostrar una expresión seria antes de volverse hacia él y decirle:

—Nadie te ha pedido que hicieras esto, Alexander. Tú lo has elegido, así que ahora ve y pregúntales a los pasajeros si les apetece algo de beber.

La miró. Estaba claro que hacía mucho tiempo que a Alexander Kosta no le habían dado órdenes.

Habían llegado a uno de los lugares favoritos de Ellie. Era una pequeña zona rocosa apropiada y segura incluso para una persona que apenas supiera nadar. Por experiencia sabía que todo el mundo volvería satisfecho y feliz a casa si podían nadar alrededor de la diminuta isla.

Hasta el momento el día estaba resultando bastante revelador en lo que respectaba a Alexander. Ellie no había considerado la posibilidad de que amara el mar tanto como ella. En eso estaba pensando cuando él se volvió para mirarla, después de haberles repartido a los pasajeros aletas, gafas y tubos para bucear. Era como si él supiera lo que estaba pensando y, precisamente por ello, apartó la vista.

Se sentía aliviada porque ahora que se habían detenido estaría entretenida con una actividad fuera del barco. Pero había un problema: tenía que quitarse la ropa. No le importaba hacerlo cuando estaba rodeada de familias y niños, pero ese día era diferente. Porque ese día Alexander estaba con ellos.

Cuando todo el mundo estaba preparado para saltar al agua, Ellie hizo las últimas comprobaciones para asegurarse de que la embarcación estaba segura. Alexander parecía haber decidido mantenerse alejado de ella desde que habían echado anclas. Podía oírlo charlando con la gente y haciéndolos reír. Parecía que las carcajadas eran el nuevo lenguaje a bordo y Alexander el profesor de ese idioma.

Era una pena que no pudiera comportarse con ella de un modo civilizado, pensó Ellie mientras se envolvía con una toalla. Lo miró. Él aún no se había quedado en bañador. Estaba ocupado ayudando a una señora mayor a descender por la escalera y meterse en el mar.

Le costaba creer que Alexander pudiera tener un lado humanitario.

Cuando la mujer ya se encontraba en el agua, Ellie se puso a la cola para desembarcar junto al resto. Primer problema: tenía que pasar por delante de Alexander antes de meterse al mar. Intentó relajarse, pero cuanto más se acercaba más quería evitarlo y tirarse al agua de cabeza directamente.

Lamentablemente eso no pudo hacerlo porque tenía el bote para guardar ejemplares colgado del hombro.

—Te ayudo —le dijo Alexander cuando el último de los pasajeros ya estaba en el agua.

—Preferiría que te apartaras.

—Lo sé —dijo sin moverse.

Ellie miró la mano extendida de Alexander. ¿Quería tomarla?

—Venga, esto no se trata ni de ti ni de mí. Estamos hablando de precaución, de seguridad. Sabes que no puedes dejar a tus pasajeros solos ahí abajo. Tienes que ir con ellos, Ellie.

Alexander tenía razón, de modo que se tragó su orgullo y le tomó la mano.

—Gracias —dijo educadamente sin mirarlo a los ojos.

Mientras descendía por la escalera sabía que él la estaba observando y que no se movió hasta no verla segura en el mar.

Capítulo 10

ERA UNA gran nadadora. En poco tiempo ya tuvo a todo el mundo arremolinado alrededor de una roca mirando atentamente mientras ella les mostraba una gran variedad de fauna marina.

–Es sólo cuestión de práctica –dijo quitándole importancia a su talento para localizar las diminutas criaturas que tanto amaba. Siguió respondiendo al aluvión de preguntas hasta que se dio cuenta de que nadie la escuchaba.

Volvió la vista hacia la dirección en la que todos estaban mirando y lo entendió todo. Alexander estaba sobre la baranda, preparándose para lanzarse de cabeza. Tenía un aspecto increíble. Era un hombre increíble. Ellie no se había sentido así antes, lo cual significaba que ya era hora de concentrarse en otra cosa. Intentó no pensar en lo que había visto. Intentó no mirar. No miraría. No... Sí que miró.

El cuerpo de Alexander era grandioso y parecía esculpido en bronce. ¡No podía dejar de mirarlo! El modo en que cayó al mar fue perfecto, apenas levantó un poco de agua.

Ella tuvo que mirar hacia la roca para recobrar la compostura, pero de pronto, a su lado, alguien emergió del agua. ¿Había buceado todo ese tramo después de tirarse al mar? Sí que era bueno..., aunque no dejaría que se notara que estaba impresionada.

–Has dejado el barco desatendido.

–No hay peligro. He comprobado el ancla.

–¿Es que también has bajado hasta el fondo del mar para comprobarlo?

–Claro... ¿cómo si no iba a saberlo?

Ellie había perdido ese asalto; fue consciente de ello cuando los niños empezaron a reírse.

–Me veo en posición de aseguraros que no hay peligro y que no hay piratas a la vista –dijo Alexander guiñándole el ojo a su público.

–Yo no estaría tan segura de eso...

–No hay riesgo de que nos ataquen.

–¿Y cómo puedes estar tan seguro? –preguntó ella siguiéndole la corriente para entretener a los niños.

–Muy sencillo. He enviado una patrulla para vigilar la costa.

¡Cómo no! La expresión de Ellie se endureció. ¿Cómo podía olvidar que ésa era su costa, su patrulla, su isla?

–Bueno, soy yo la que decide si mi barco está a salvo y ahora te ordeno que subas a bordo, marinero.

–¿Y qué me harás si no lo hago?

Se le ocurrieron varias cosas que decirle, pero sabía que lo mejor era ignorar el penetrante modo en que Alexander la estaba mirando y darse la vuelta para seguir buscando especímenes interesantes. Así, recobró la compostura y volvió a su trabajo. Requería mucho cuidado el separar a una anémona de su roca.

–Me gusta cómo los manipulas.

–¿Todavía no te has ido? –murmuró sin mirarlo. Había demasiada gente alrededor, tenía la voz de Alexander demasiado cerca de su oreja y sus piernas desnudas casi se estaban tocando. Con todo ello le resultaba difícil concentrarse.

Y ahora los niños se estaban riendo a carcajadas gracias a las muecas que Alexander estaba haciendo a sus espaldas. Tenía a todo el mundo de su parte.

—Estas anémonas comen carne —explicó Ellie, decidida a continuar a pesar de Alexander— y, como Alexander ya ha comentado, hay que manipularlas con especial cuidado. Voy a meterla en el bote para estudiarla más detenidamente cuando estemos en el barco. ¿Puedes sujetarme esto, Alexander? —le dijo antes de volver a sumergirse bajo el agua para buscar más muestras de vida marina.

—¿Quieres que yo también busque algo? —le preguntó cuando ella salió a la superficie.

—Sí, ¿por qué no? —así podría tomarse un respiro de esa penetrante mirada, pensó Ellie.

—Ha sido una suerte encontrar la cría de pulpo —explicó Alexander al grupo un rato después.

Lo había hecho bien. Era impresionante. El grupo estaba fascinado por todo lo que Alexander había encontrado. Si no lo odiara tanto, habría tenido que admitir que los dos formaban un gran equipo.

—¿Por qué no volvemos al barco para que Ellie pueda hablarnos de las criaturas que hemos recogido? —sugirió él.

—¿Ahora estás dando órdenes? —murmuró Ellie cuando todo el mundo comenzó a dirigirse a la embarcación obedientemente.

–Si me disculpas, Ellie, ahora no tengo tiempo de hablar. Tengo que ayudar a la gente a volver a subir a bordo.

Lo vio alejarse nadando. ¿Habría algún hombre más exasperante que él? Si así era, ya podía ir pensando en ingresar en un convento.

Él llegó al barco en cuestión de segundos. Ellie no podía negar que estaba esforzándose mucho por hacer que la excursión fuera un éxito, pero entonces se recordó que Alexander Kosta había desarrollado una técnica perfecta para conseguir todo lo que quería. La única respuesta ahora era, ¿qué estaría buscando en su barco?

Se quedó en el agua hasta que el último de los pasajeros se encontró a bordo y luego escuchó atentamente la charla de Ellie sin interrumpirla ni una vez. Incluso la ayudó a servir el almuerzo y los refrescos sin ningún comentario burlón previo.

Bajó a la cocina para ayudarla a limpiar después del almuerzo mientras los pasajeros se relajaban en la cubierta.

–No tienes que hacerlo.

–No oía ningún ruido aquí abajo. Quería comprobar si estabas bien.

–Estoy bien.

–Me alegro, Ellie, pero creo que te vendría bien un poco de ayuda. Hay mucho que limpiar.

Ella apartó la mirada.

–Puedo hacerlo. Me tomaré mi tiempo.

–Y yo te ayudaré. ¿Hacemos una tregua? –sugirió agitando un paño de cocina.

–¿Vas a ayudarme a secar los platos? Ojalá tuviera una cámara para inmortalizar el momento.

Él sonrió y al hacerlo produjo un efecto devastador en ella.

–Entonces es una suerte que no la tengas.

Y ahora otra vez estaban trabajando mano a mano. Cerca. Muy cerca.

–Ha sido un buen día, ¿no te parece? –comentó Ellie en un intento de quitarle tensión a la situación.

–Eres buena.

–¿Cumplidos de tu parte, Alexander?

–Yo hago cumplidos cuando son necesarios.

–En ese caso, gracias.

Se apartó un poco de él, intentando disimular, pero no resultaba muy fácil encontrar espacio en esa diminuta cocina.

Alexander tuvo que recordarse que estaba allí únicamente porque no le gustaba dejar cabos sueltos. Pero había otra razón. Ellie estaba anunciando sus excursiones en Internet y tenía que asegurarse de que eran seguras y de que ayudaban a ensalzar la reputación de la isla. Por lo que había visto, Ellie se estaba esforzando mucho. Sus charlas eran interesantes y su entusiasmo por el mundo marino era contagioso. El único problema que había detectado hasta el momento era que desconocía lo buena que era.

Como tampoco sabía lo mucho que él la deseaba. Allí, en ese reducido espacio, quería besarla... y mucho más. Todo en ella lo excitaba. Ellie era impredecible, igual que el océano que tanto amaba. Sólo el imaginarse en la cama con ella...

Bueno, eso era algo en lo que no debía pensar en el momento.

El sonido de las felices voces de la gente en cubierta calmó a Ellie hasta el punto de hacerla olvidar la amenaza que Alexander representaba. No se había dado cuenta de que se había acercado a él hasta que sintió su cálido aliento sobre su cara.

—¿Te ocurre algo? —le preguntó cuando ella se apartó rápidamente.

—Nada —dijo negando también con la cabeza. Y cuando pronunció esa única palabra él le acarició la boca con un dedo.

—Creo que me estás ocultando algo —le murmuró.

Necesitaba aire. ¡Urgentemente! Necesitaba espacio para pensar en lo que acababa de suceder, en el hecho de que Alexander la hubiera acariciado.

Decidió que la mejor terapia era seguir limpiando los platos, aunque sabía que esa caricia no desaparecería de sus labios; aún podía sentirla.

Cuando se movió por delante de él para abrir un armario, en lugar de apartarse, Alexander se quedó exactamente donde estaba. Ahora estaba atrapada en esa diminuta cocina. Alzó las manos para apartarlo y entonces algo ocurrió. En cuanto entró en contacto con el musculoso pecho de Alexander, se quedó sin fuerzas y luego, en lugar de empujarlo para apartarlo, sus dedos se aferraron con fuerza a él.

—¿Así que ahora ya confías en mí? —le estaba sonriendo.

¿Por qué no se apartaba de él? ¿Qué le estaba pasando? La tensión entre los dos resultaba abrumadora.

—Será mejor que suba a cubierta y me asegure de que a nadie le falta nada —dijo ella intentando recobrar la compostura y el sentido.

Sin embargo, sólo sintió decepción cuando Alexander se apartó con los brazos en alto para mostrarle que no tenía intención de tocarla. ¿Cuándo le entraría en la cabeza que no estaba interesado en ella?

Y para mayor ofensa, él subió las escalerillas de dos en dos y desapareció. No miró atrás en ningún momento y en seguida lo escuchó riéndose con los pasajeros. Lo siguió poco después, cuando ya había vuelto a prometerse que haría todo lo posible por que ese día fuera especial para sus pasajeros.

Todo el mundo volvía en silencio y adormilado de camino al puerto. Ellie no tuvo ganas de hablar hasta que el barco pasó por la zona que los empleados de Alexander habían delimitado con cadenas.

—Era una precaución necesaria —dijo él.

Pero ella consideraba que la gente se merecía una explicación mejor.

—He contratado a unos científicos para que estudien la ruta. El impacto sobre el océano será mínimo, os lo aseguro, pero entiendo vuestra preocupación.

—¿Entiendes la postura de Ellie? —preguntó alguien.

Se puso tensa. No quería entrar en una discusión con Alex estando los pasajeros a bordo y se temía que eso sería más que probable.

—Estamos trabajando en ello juntos —dijo ella con una mentira piadosa—. Como sabéis, Alexander es un hombre razonable... ¿no es así, Alexander? —le preguntó antes de lanzarle una gran sonrisa.

—Por eso estoy aquí hoy —respondió él siguiéndole la corriente—. Quiero asegurarle a Ellie que los cambios que se produzcan en Lefkis sólo serán para mejor.

Hubo un brillo en los ojos de él que nadie aparte de Ellie percibió, pero ahora eso no era lo más importante. Lo importante era que la gente parecía haber quedado satisfecha con la respuesta y que los ánimos se habían calmado.

Cuando la sustituyó en el timón, ella estuvo charlando con los pasajeros interesados en conocer más sobre la vida marina de la zona. También había mucho interés por la carrera de lanchas y la gente comentaba que, si se celebraban otras, harían coincidir sus vacaciones con ellas.

Volvió a tomar las riendas del timón. Sabía que en los próximos momentos tendría que mantener el control porque estaba acercándose a la zona en la que su padre había perdido la vida.

Tal y como hacía siempre, apagó los motores y avanzó lentamente, como mostrando sus respetos. Nadie sabía que esa zona de agua aparentemente tranquila era como una santuario para ella.

A pesar de todo, Ellie reconoció que el día había resultado un éxito. Aún estaba repartiendo números de contacto para próximas excursiones cuando vio a Alex metiendo un cubo en el mar, probablemente con el fin de empezar a limpiar la cubierta. No mostró ninguna intención de desembarcar con el resto. Todo lo contrario. Se le veía disfrutar y en cuanto amarraron comenzó a trabajar y a saludar a los pescadores como si fuera uno de ellos.

Ellie se quedó paralizada por un momento al ver como se había despojado tan rápidamente de su actitud de magnate griego. Resultaba difícil creer que hubiera podido convertirse en ese ser relajado y... sí, agradable.

Pero ¿cuánto duraría ese cambio?, se preguntó Ellie.

—¿Vas a quedarte ahí todo el día sin hacer nada?

Alexander la estaba mirando, apoyado sobre el palo de la escoba.

—Ya puedes irte a casa.

—Voy a quedarme hasta que terminemos.

—Como ya te he dicho, no hables en plural, no te incluyas... Además, tú ya has terminado.

—Entonces viajaré de polizón —y tras desaparecer bajo la trampilla, asomó la cabeza y le preguntó—: ¿Por qué no nos tomamos una cerveza fría cuando hayas terminado?

«¿Tal vez porque no estoy loca?».

—Porque ahí abajo el ambiente es sofocante y prefiero estar aquí arriba, en la cubierta.

—Me refiero a que vayamos a tomar algo al muelle cuando hayamos terminado —le dijo mirándola de un modo que habría desarmado a cualquier mujer.

Pero no a ella.

—¿Interpreto tu silencio como un sí? Bien —continuó antes de dejarle oportunidad de contestar—. Cenaremos en el muelle, conozco un lugar fantástico. Pescado fresco, música, baile...

Ellie se había quedado en blanco. ¿Por qué no decía nada para negarse? Y encima, para empeorar las cosas, un grupo de pescadores habían dejado de trabajar y estaban escuchando su conversación. No había duda de que estaban tan impresionados como ella. ¿Estaba Alexander Kosta pidiéndole una cita a Ellie?

—Debes de tener hambre —dijo él para llenar el silencio—. Y yo también. ¿No es lo que necesitamos?

–¿Qué necesitamos? –preguntó de pronto Ellie con mirada desconfiada.

–Comida –respondió, como si fuera obvio–. Buena comida, luces tenues, música tranquila y una enorme ensalada griega con queso feta, aceitunas...

Los pescadores le guiñaron un ojo a Ellie.

Y justo en ese momento el estómago le rugió.

–Vale, me apetece –dijo a regañadientes.

–¿Para qué es eso? –preguntó Ellie mirando al cuenco con perejil fresco que el sonriente propietario del restaurante había colocado delante de ellos.

–Para masticarlo.

–Y... ¿por qué?

–Porque es muy bueno masticar perejil después de haber comido cebolla... –le lanzó una pícara sonrisa, mostrando unos dientes perfectos y blancos.

–¿Estás sugiriendo que me huele el aliento a cebolla?

–No entra en mis planes acercarme tanto como para descubrirlo –le dijo para su decepción–, pero al parecer el dueño del restaurante cree que podría apetecerme hacerlo...

–¡Qué tontería! –comentó Ellie, como si durante toda la cena a ella no se le hubiera pasado por la cabeza la idea de Alexander besándola. Él tenía el pelo revuelto y los ojos de un vivo color verde, y después de todo un día en el agua tenía la cara más morena todavía. Tuvo que volver a centrarse rápidamente al darse cuenta de que la había pillado mirándolo. Lo único que se le ocurrió hacer para disimular fue llevarse a la boca un poco de perejil–. Qué mal sabe.

–Tendré que creerte.

–¿Es que no vas a probarlo?

–Como ya te he dicho, no me serviría de nada porque no tengo intención de ningún encuentro amoroso...

–Vaya, gracias –se levantó de la mesa–. Voy a lavarme las manos –y a refrescarse. Y a recomponerse.

Como siempre, Alexander se comportó como un perfecto caballero, levantándose y sujetándole la silla. Pero mientras se alejaba, Ellie pudo sentir su ardiente mirada siguiéndola.

Capítulo 11

TE APETECE bailar, Ellie?
La música empezó y la gente salió a bailar. Alexander le infundía pasión y ella no podía ocultar cómo la hacía sentir. No podía fingir que le robaba el aliento.

—Me encantaría.

Ellie miró la mano tendida hacia ella antes de llevar la vista a la pista de baile. Una banda de música tradicional estaba tocando y todo el mundo estaba bailando formando un gran círculo. Sería una diversión que no entrañaría ningún peligro. Incluso los niños estaban bailando con sus abuelos y Kiria Theodopulos la estaba animando desde un extremo de la sala.

Estaba a salvo. Si bailaba con Alexander eso supondría un gran paso para ella. La mirada de Alexander le estaba ofreciendo simplemente un baile. Cuando aún seguía pensando en ello, él le tomó la mano y la llevó hacia el círculo.

Mientras bailaban, él le sonreía y la llevaba hacia sí, pero cuando la música cambió a un ritmo más sensual, Ellie se mostró tensa e intentó apartarse de él.

—¿Ya has tenido suficiente? —le preguntó.

Las parejas que los rodeaban bailaban mejilla con mejilla y sus cuerpos se movían sinuosamente al compás de la música. No podía hacerlo, se pondría en ridículo si lo intentaba. Por un lado, no tenía ritmo y por otro, no se sentía capaz de arrimarse tanto a Alexander.

—¿Ocurre algo?

—No, nada —le respondió distraídamente mientras salía de la pista.

La miró a los ojos cuando la ayudó a tomar asiento.

—¿Nada? —repitió incrédulo—. ¿Así que ese «nada» hace que te pongas así de nerviosa? ¿Que te alejes de mí como si estuvieras avergonzada? —sacudió la cabeza—. Hay algo más y no quieres...

—No hay nada más —dijo, interrumpiéndolo.

Se levantó. La gente la miró al verla tropezar, pero no era momento para detenerse y explicar que lo que le sucedía era que la asustaba la presencia de Alexander. Que la asustaban la intensidad de la situación y sus propios sentimientos. Eso y el hecho de que en su cabeza estuviera volviendo a sonar la desdeñosa risa de aquel hombre que la había atacado.

Cuando salió a la calle, se dio cuenta de que Alexander estaba justo detrás de ella.

—¿No crees que ya es hora de que me cuentes qué está pasando?

Lo apartó cuando él intentó agarrarle el brazo.

—¡Vuelve con tus amigos! —gritó señalando hacia el restaurante.

—No, Ellie, quiero estar contigo.

Echó a correr, no podía escucharlo.

—Vuelve aquí, Ellie.

Se adentró en la noche en busca de la oscuridad, de las sombras. Pero Alexander la alcanzó.

Ella se apoyó contra un frío muro de piedra y se

dejó caer al suelo. Dobló las rodillas, las rodeó con los brazos y hundió la cabeza en ellas.

—Ellie...

Se arrodilló junto a ella.

—Lo siento mucho —ella seguía ocultando su rostro—. Sé lo mal que me he comportado, y te pido disculpas —«y ahora vete. No soporto que me veas así. No soporto que nadie me vea así ni que se compadezca de mí». Se dio cuenta de que Alexander ni se había movido ni había hablado. Se había limitado a quedarse allí, a su lado, por si lo necesitaba. Volvió la mirada hacia él—. Perdona —susurró—. No sé qué me ha pasado.

Él tampoco lo sabía, pero lo descubriría, fuera como fuera. No intentó ayudarla cuando se levantó. Necesitaba espacio y lo sabía. Pero también sabía que cuando a Ellie se le cayera esa máscara tras la que había estado ocultándose, iba a necesitar tener a alguien a su lado. Y él sería esa persona.

Eso le sorprendió. ¿Cuándo había sido la última vez que había querido ayudar así a alguien?

—Ha sido un día muy largo... quiero irme a dormir. Espero que no te importe.

—Te acompaño —le dijo con cuidado de mantener las distancias para no abrumarla.

Caminaron el uno al lado del otro. Alexander se alegró cuando la vio dar unos pasos más decididos. Ellie era fuerte, aunque también vulnerable.

—Gracias, Alexander —le dijo al llegar a la pasarela de su barco—. Siento haberme puesto así, estaba pensando en mi padre...

Verdad o no, él no insistiría por el momento.

—Ellie, siento mucho...

–Lo sé –dijo interrumpiéndolo.

–Sólo espero que no me tengas miedo.

–Claro que te tengo miedo –le dijo para tomarle el pelo–. ¿No temblaría toda mujer si el gran Alexander Kosta la estuviera hablando?

La vio sonreír y eso ya fue suficiente para él... ¿Suficiente? ¿Cómo podía decir eso cuando lo único que quería era rodearla con sus brazos y hacerle el amor?

–Por cierto –le dijo haciéndolo despertar de su ensoñación–, acabo de acordarme de que no te he pagado por el trabajo que has hecho hoy.

–No pasa nada, digamos que estamos en paz.

–Pero entonces al menos deja que pague la cena.

–Olvídalo, Ellie. Que descanses –se dio la vuelta.

Ella lo llamó.

–¿Qué?

Hubo silencio. La noche ofrecía muchas posibilidades...

–Nada... Solamente... Gracias.

–Un placer –le hizo una reverencia. El deseo de besarla fue más fuerte que nunca. Era una lástima que tras la sonrisa de Ellie hubiera visto tanto dolor oculto.

En cuanto abrió los ojos, la invadieron los recuerdos de esa noche. Había hecho todo lo que se había jurado no hacer nunca. Había dejado sus sentimientos al descubierto. Eso no volvería a pasar. No con Alexander. ¿En qué había estado pensando?

Apartó las sábanas y se arrodilló delante del ojo de buey. Buscó el Olympus, pero por supuesto no estaba allí. Todo había cambiado.

Subió a cubierta con una vieja manta de ganchillo sobre los hombros. No podía ver más que un océano vacío.

Cuando terminó de preparar el barco para la excursión de la mañana comprobó que el trabajo no la había ayudado a evadirse, como siempre le ocurría. No, ese día. Nunca antes el océano le había resultado tan vacío. Afortunadamente, justo antes de que se le formara un nudo en la garganta, vio a los primeros pasajeros aproximándose por el muelle.

Fue a recibirlos con el mismo entusiasmo de siempre. Cuanta más gente empezara a amar el mar tanto como ella mejor.

Se dirigieron a su isla favorita. El día estaba marchando a la perfección cuando vio algo que la puso en alerta. No podía creerlo. Unas lanchas motoras a toda velocidad en una zona donde había rocas sumergidas podían suponer un desastre. Miró hacia la cubierta. Todos los niños llevaban los chalecos salvavidas, pero algunos de los adultos no nadaban muy bien y si alguien caía al agua...

Las lanchas frenaron en el último momento. Finalmente resultó que no habían tenido intención de cruzarse en su camino, pero al no saberlo, Ellie había pasado unos momentos de mucha tensión.

El grupo, sin embargo, pensó que eso fue la atracción del día. E incluso Ellie tuvo que admitir que el espectáculo había sido emocionante... Claro, ¡una vez que supo que los conductores de las lanchas eran precavidos!

Sólo entonces aceptó que Alexander había sido el

que conducía la primera lancha. ¿De verdad había alzado la mano para saludarla al pasar o ella se lo había imaginado?

Ahora que su barco estaba situado en mar abierto, podía volver a verlo. Se aferró con fuerza al timón. Las lanchas se estaban dirigiendo hacia el estrecho canal donde su padre había muerto. Alexander no lo sabía, pero estaba a punto de pasar a toda velocidad sobre la tumba de su padre.

—No —la voz de Ellie se perdió con el viento. Nadie la oyó. Sus pasajeros estaban demasiado interesados en la carrera como para poder oírla y Alexander se encontraba a kilómetros de distancia.

Hizo lo que debía. Mantuvo el barco quieto hasta que las aguas se calmaron de nuevo y el lugar adonde arrojaba flores cada año recuperó su apariencia apacible. Lo que más le dolía era el hecho de que Alexander la hubiera mentido. Le había dicho que no se haría nada hasta que todo el mundo en la isla consintiera que se celebrara la carrera. ¿Cuándo lo había consentido ella?

De todos modos, eso no importaba porque Alexander Kosta podía hacer exactamente lo que quisiera. La isla le pertenecía, pero no su gente. Al menos, no ella.

Mantuvo la compostura al pasar por delante del faro y entrar en el muelle, pero no tenía intención de dejar las cosas así. En cuanto sus pasajeros desembarcaran, iría a buscar a Alexander.

Capítulo 12

TOMÓ el autobús hasta el otro muelle y llegó justo a tiempo de ver cómo estaban subiendo a bordo del yate la magnífica lancha motora que Alexander había estado conduciendo. Él lo estaba supervisando todo. Cuando la vio, la saludó con la mano sin imaginarse el tornado que estaba a punto de desatarse.

—Alexander...

—Ellie, qué sorpresa tan agradable —al verla caminar sobre la pasarela supo que algo iba mal.

—¿Problemas?

—Uno o dos —admitió fingiendo una sonrisa—. ¿Podemos hablar en alguna parte?

—Claro.

Logró contener la calma hasta que estuvieron en el salón. Pero luego, cuando él se sentó enfrente de ella, lo único en lo que pudo fijarse fue en el modo en que su cabello negro se rizaba alrededor de su cara bronceada, en la blancura de sus dientes, el ancho de sus hombros, el largo de sus piernas... en todo su cuerpo, a decir verdad.

—Bueno —dijo haciéndola reaccionar—, ¿qué puedo hacer por ti? ¿Te apetece un café? —le preguntó antes de apretar el botón del interfono y pedir café para dos.

—Me has mentido.

–¿En qué?

–En lo de las carreras.

–Yo nunca miento.

–¿Y entonces qué era lo de hoy?

–Una prueba.

–Incluso una prueba puede hacer mucho daño en...

–Me he ocupado de que eso no pasara. Busqué consejo...

–¿De quién?

–De los científicos que conocen este océano tan bien como tú.

–No, no lo conocen.

–Ellie –le dijo cuando ella se levantó.

–Podrías haber puesto mi barco en peligro –le habló dándole la espalda.

–No es sólo por eso, ¿verdad? Hay algo más.

–¿Por qué tuviste que girar por ese canal? –le preguntó con un susurro.

–Porque va a ser el tramo más rápido del trayecto y tenía que decidir si era seguro o no antes de dejar que los otros conductores lo atravesaran.

Ellie palideció al oír esas palabras. De modo que el lugar de descanso de su padre iba a formar parte del circuito.

–No puedes hacer eso –dijo enérgicamente mientras se giraba hacia él.

–Puedo hacer lo que quiera.

–¿Sin pensar en los demás? Ya, ya entiendo... –pero no lo entendía y se sentía dolida.

–¿Qué pasa, Ellie? ¿Qué me estás ocultando?

Se estaba impacientando.

–¿Qué te pasa?

–Lo que me pasa es culpa tuya, Alexander.

Cuando se le llenaron los ojos de lágrimas, la abrazó. Sabía que no debía hacerlo, pero la veía demasiado vulnerable. Por suerte una llamada a la puerta avisando que el café estaba listo evitó que cometiera más errores como ése.

—Déjalo aquí —le dijo al camarero señalando a la mesa que había entre los sofás.

—¿Sirves tú o yo, Ellie? —quería normalizar la situación.

—No quiero café, Alexander.

—¿Entonces qué quieres?

—Te estoy pidiendo... No. Te estoy suplicando que cambies el recorrido de la carrera.

—No hagas un drama de esto. Ya te he dicho que he pedido consejo. Es la mejor ruta para la carrera.

Hubo otro silencio antes de que ella susurrara:

—¿Sobre la tumba de mi padre?

—¿Qué?

—La ruta que habéis elegido pasa directamente sobre su lugar de descanso.

Se pasó una mano por la cara, como si con eso pudiera borrar el sentimiento de culpabilidad que sentía por dentro.

—Los científicos no podían decirte eso, ¿verdad?

Y era cierto. Eran expertos, pero no eran de la isla. No la conocían como ella.

—¿Por qué no me has dicho esto antes?

—¿Por qué debería haberlo hecho?

—Si lo hubiera sabido...

Para sorpresa de Alexander, ella le tocó el brazo como consolándolo, aunque lo apartó inmediatamente.

—No tienes que ser fuerte todo el tiempo, Ellie. No

tienes que mostrarte fuerte delante de mí. No me aprovecharé de ti... nunca –moviéndose despacio para no asustarla, le tomó la cara entre las manos y después de secarle las lágrimas con los pulgares la besó tiernamente. Luego se apartó y volvió a la mesa donde sirvió el café como si nada hubiera pasado entre ellos. Pero en el fondo estaba pensando en algo que quería hacer por ella: haría que la tumba de su padre se convirtiera en un lugar que todos conocieran y respetaran.

Hablaron durante horas. El café se enfrió y Alexander seguía escuchándola. Ella le habló sobre su padre y sobre su vida; se lo contó todo, excepto lo de la violación. A cambio, Alexander le pidió que se sentara a su lado en el comité organizador de la carrera. Los científicos tenían razón, el conocimiento que ella tenía de la isla era inestimable y les ayudaría a trazar el recorrido. Después de decirle esas palabras, volvió a besarla.

Y cuando la llevó a su camarote, Ellie supo que se estaba produciendo un verdadero milagro porque, en lugar de temer la caricia de un hombre, la estaba deseando. Cuando la tendió sobre la colcha de seda, ella lo llevó hacia sí. Se besaron, con ternura, pero ahora lo que Ellie deseaba de él era algo más que besos.

Con los dedos enredados en su pelo, lo abrazó con fuerza y lo besó. Alexander le alzó la camiseta y hundió la cara en uno de sus pechos aún cubiertos con el fino encaje de su sujetador.

Era demasiado como para soportarlo. Las sensaciones que le invadían el cuerpo crecían y crecían. El calor la estaba embargando y despertando en ella un deseo que nunca antes había sentido.... ni siquiera la otra vez que había estado con él.

Alexander le quitó la ropa antes de que ella se las arrancara.

—Despacio, Ellie —le dijo antes de apartarse para desnudarse.

—Vuelve a la cama —le suplicó—. Sin ti tengo frío.

—¿Frío?

Ellie sonrió. Era cierto. Era imposible sentir más calor.

Se tumbó en la cama, junto a ella, y la miró directamente a los ojos. Pero a pesar de que su mirada fue cálida y sincera, Ellie buscó refugio bajo las sábanas y se cubrió hasta la barbilla.

—¿Te estás arrepintiendo?

El corazón le golpeaba el pecho.

—No, estoy bien —respondió fingiendo—. Me gusta, por favor no pares.

—Voy a ir un poco más despacio para que puedas disfrutar más —le murmuró contra la boca.

—Suena bien —susurró Ellie.

Se tumbó sobre ella después de colocarle debajo las almohadas para asegurarse de que estaba cómoda. Ella trazó con manos temblorosas los contornos de su cara como si estuviera comprobando que ése no era aquel hombre mayor de mirada lasciva, sino un hombre joven y guapo que la deseaba.

Se produjo un tenso silencio y Alexander se apartó bruscamente.

—No, no estás conmigo. ¿Con quién estás, Ellie? ¿Qué está pasando?

—Nada.

—No me mientas.

–Yo no...

–¿Por qué no me lo habías dicho, Ellie? –le preguntó mientras se levantaba de la cama.

–¿Decirte qué?

–Que eres virgen.

Podía oír a su violador riéndose desde la tumba. Estaba marcada y manchada, tal y como ese hombre le había dicho. Incapaz de tener una relación normal con un hombre.

–Deberías habérmelo dicho, Ellie –insistió mientras se ponía la ropa.

Esa chica le había tocado el corazón, pero veía que no había logrado que confiara en él. Quería protegerla. La deseaba de todas las maneras posibles.

–Ellie...

Ella se había tapado los oídos y había hundido la cabeza en la almohada. No quería oír las tiernas palabras de Alexander. Confiaba en ella. Creía que era virgen, una tierna flor cuando en realidad no lo era. Lo mínimo que podía hacer era contarle la verdad.

–No soy virgen, Alexander.

–¿Qué?

El silencio se volvió insoportable.

–No soy virgen.

Todo cambió en ese momento.

–Entonces, ¿a qué estás jugando? ¿Tienes fotógrafos esperándote fuera?

–¿Fotógrafos?

–Será mejor que me lo digas ahora porque acabaré descubriéndolo. ¿Trabajas para algún periódico? ¿Llevas una cámara escondida? ¿Una grabadora?

Cuando ella agachó la cabeza, él interpretó el gesto como una respuesta afirmativa.

–Levántate y sal de mi cama –le ordenó bruscamente–. Puedes usar el lavabo y cuando hayas terminado, sal del yate y desaparece de mi vista. No soporto mirarte.

Ellie se envolvió en la sábana. Casi había llegado a
la puerta cuando Alexander la agarró.

–¿Cuántos hombres ha habido antes?

Ella tartamudeó algo.

–Venga, Ellie, no es una pregunta tan difícil de
contestar, ¿no? ¿Ha sido sólo con hombres ricos o te
van todo tipo de hombres?

–Sólo ha habido...

–¿Sí?

Los ojos que la estaban atravesando no podían ser
los del hombre que sólo minutos antes había estado
acariciándola con tanta ternura.

–Te he preguntado cuántos –insistió.

–Uno.

–Uno –repitió.

Alexander se echó atrás. Controló su furia, no era
un hombre violento. Para él era inconcebible la violencia contra una mujer.

–¿Y ese hombre era especial?

–¡No! –la palabra salió de su boca como una explo-
sión–. Era mayor que yo.

–¿Casado?

–¡No! ¡Claro que no! –respondió ofendida.

–¿Griego?

–No.

–¿Entonces inglés?

Su silencio le dio la respuesta. Ya se estaban acercando a la verdad.

–Dime su nombre.

–No.

–Dímelo, si quieres seguir viviendo en Lefkis.

–¿Es un chantaje, Alexander?

–Estoy esperando tu respuesta.

Tras respirar hondo, Ellie dijo:

–Era un viejo amigo de mi madre.

–¿Un viejo amigo?

–Sí.

No podía creerse que le hubiera vuelto a pasar. Justo cuando creía que había dejado el pasado atrás y que tenía la oportunidad de encontrar la felicidad con una persona muy distinta a su primera mujer, su viejo enemigo se estaba burlando desde la tumba. Porque Ellie era exactamente igual que su ex esposa. Sólo había una razón por la que una bella mujer se iría a la cama con un hombre mayor. Después de saberlo, ¿podría volver a tocarla?

–Vete, Ellie –le gritó–. Déjame solo.

Se había quedado bloqueado, ausente. No podía sacarse de la cabeza la imagen de Ellie satisfaciendo a ese hombre. No supo lo que ella hizo después, ni lo que le dijo cuando intentó hablar con él. Lo único que sabía era que la risa de Demetrios Lindos fue ensordecedora mientras Ellie salía corriendo de la habitación.

Capítulo 13

BAJO el oscuro cielo que amenazaba tormenta, estaba apoyada contra el muro del muelle pensando en Alexander después de haber pasado la noche durmiendo en uno de los bancos de madera del parque infantil. No le había dado tiempo de tomar el autobús para volver al amarradero donde estaba su barco. Debería haber pensado en ello antes de subir a bordo del Olympus.

Sabía que le había abierto una vieja herida y que él la odiaría por ello. Ya nunca volvería a mirarla sin recordar que había tenido una relación con un hombre mayor, igual que había hecho su ex mujer, tal y como le habían contado sus vecinos. Ojalá le hubiera dicho toda la verdad, pero ya era demasiado tarde para lamentaciones.

Miró hacia el Olympus y lo vio de pie en la cubierta. Estaban bajando sus lanchas al mar y no había duda de que iban a continuar con las pruebas para la carrera.

Sería la única culpable si esa carrera invadía la tumba de su padre o si el mar resultaba dañado porque había desaprovechado la oportunidad de hacer cambiar de idea a Alexander.

Pero no de salvarle la vida, pensó al ver ese cielo tan oscuro. Podría ayudarlo, si lograba que la escu-

chara. Los lugareños siempre decían que nadie conocía las aguas de Lefkis como ella.

Debía de llevarlo en los genes, pensó al recordar a
su padre. Iannis Mendoras le había enseñado todo lo
que sabía. Había aprendido que allí las corrientes podían ser muy traicioneras en determinadas condiciones climáticas y que cuando eso pasaba los barcos podían chocar contra las rocas...

Era como revivir la pesadilla de la muerte de su padre. Ya era demasiado tarde para avisar a Alexander,
que estaba sentado sobre la lancha, pero pensó que tal
vez podría hacerlo si se echaba a la mar con su pequeño bote hinchable y lo alcanzaba antes de que lle-
gara a la zona más peligrosa del recorrido.

Subida en el viejo autobús que la llevaría hasta su
barco, se iba tensando por momentos. Era peor de lo
que se había imaginado. Más lanchas se habían unido
a la de Alexander; tal vez habría animado al resto de
participantes a probar la ruta antes de la carrera sin
saber que ello les pondría en un grave peligro.
Pronto se levantarían las olas y él se vería esqui-
vando rocas parcialmente sumergidas y lidiando con
el viento y corrientes que cambiaban de curso cada
pocos minutos.

Ellie no era valiente, ni tampoco una estúpida, pero
alguien tenía que evitar la muerte de Alexander.

Subido en la lancha y avanzando a toda velocidad,
no podía dejar de pensar en Ellie. A pesar de todo estaba preocupado por ella. Su gente le había dicho que
no había vuelto a su barco a dormir esa noche. ¿Dónde
estaría?

Por lo menos le tranquilizaba que no estuviera en
el agua, porque eso sería peligroso. Le había dado claras instrucciones al encargado del muelle de que todos
los propietarios de barcos de la zona se mantuvieran
alejados de la ruta que se seguiría durante la prueba
para la carrera.

A pesar de las nubes de tormenta, el agua que cubría la tumba de su padre parecía bastante tranquila.
«Pero las apariencias engañan», pensó al pasar por allí
en su bote hinchable, después de haber logrado eludir
a la policía costera que Alexander también había
puesto en alerta. Ahora sólo le quedaba esperar y blo-
quear el canal por donde se suponía que pasarían las
lanchas.

Apagó el motor y comenzó a temblar de frío. Estaba bien cubierta con el impermeable, pero la tela
plastificada ofrecía poca protección contra el repen-
tino aire frío. El sol había desaparecido tras las nubes
y en la pequeña embarcación no quedaba ni un solo
espacio seco. Al menos el bote era a prueba de tor-
mentas y casi indestructible. Estaba agitando una bandera con un símbolo que todo marinero conocía y que
avisaba a cualquier embarcación que se acercara que
se detuviera de inmediato. Pero ésa no era la única
medida de seguridad que había tomado.

De pronto todo se volvió oscuro. No podía oír
nada con el aire azotando sus oídos. Estaba corriendo un riesgo porque la policía costera no podría
verla. Lo que había planeado era agitar la bandera en
cuanto viera las lanchas aproximarse, pero con seme-

jante temporal ni siquiera podía mantenerla en alto durante más de dos segundos, y mucho menos agitarla.

La lancha motora salió de la nada en dirección hacia ella antes de que tuviera tiempo siquiera de alzar la bandera. Tenía dos opciones: saltar por la borda e intentar nadar para alejarse de la trayectoria de la lancha o quedarse donde estaba con la esperanza de que el conductor la viera a tiempo.

En el mismo momento en que Alexander había perdido de vista las otras lanchas, vio el bote rojo. Estaba situado cerca de la entrada a un estrecho canal. Era el canal del que le había hablado Ellie, el mismo en el que había muerto su padre. Él había hecho que el recorrido de la carrera siguiera una línea diagonal en ese tramo con el fin de no entrar en esa zona de agua que tanto significaba para ella.

Le pareció ver a Ellie intentando alzar una bandera. Sabía que era una señal de alerta y el corazón se le partió en dos al comprender lo que estaba intentando hacer. Estaba intentando salvarlo y ahora iba a matarla...

Tenía que lograr girar. ¡Tenía que girar ya! La lancha de Alexander estaba acechándola como un monstruo marino surcando el agitado oleaje. Después de eso, todo sucedió tan deprisa que apenas tuvo tiempo de gritar. Debió de verla porque su lancha cambió de dirección bruscamente y chocó contra las rocas. Las otras lanchas pasaron de largo. Habían visto el accidente y sabían que lo más sensato era no detenerse allí.

La lancha rebotó y cayó al agua dejando a Alexander atrapado debajo.

Era como una pesadilla revivida y por un momento se quedó paralizada. Volvió a la noche en que su padre había perdido la vida.

La luz del día casi se había ido cuando Ellie se quitó el impermeable. Soltó el salvavidas y lo arrojó al agua. Encendió una bengala y también pulsó el botón que activaba la señal de socorro antes de lanzarse al agua helada.

Le costaba ver entre las imponentes olas. Se sumergió varias veces, pero no podía encontrar nada bajo la lancha volcada. El puente de mando estaba vacío, no había rastro de Alexander.

Salió a la superficie para tomar aire. La tormenta estaba empeorando, la corriente estaba alejando el bote hinchable y se sentía agotada. Empleó toda la fuerza que le quedaba para llegar hasta el salvavidas. Después descansó unos segundos y volvió a intentarlo...

Él salió a la superficie cerca de las rocas. Su primer impulso fue buscar a Ellie. Podía ver el bote vacío y arrastrado por las olas. También vio el humo de la bengala y se alegró de que ella hubiera tenido el aplomo de lanzar una. ¿Pero dónde estaba? Rechazó la idea de ponerse a salvo en la orilla y fue a buscarla.

Se zambulló en repetidas ocasiones; se negaba a rendirse. No paraba de repetirse que Ellie sobreviviría, sin embargo ¿sería lo suficientemente fuerte como para hacerlo?

Sus fuerzas casi la habían abandonado por completo. Ojalá le hubiera dicho a Alexander la verdad, pero ya era demasiado tarde. El hombre que la violó había ganado después de todo; ella estaba demasiado cansada, demasiado cansada para salvar al hombre que amaba.

Casi se había rendido por completo cuando oyó el helicóptero. Comenzó a gritar y a agitar los brazos desesperadamente y entonces, por algún milagro, los hombres la vieron desde arriba.

El corazón le dio un vuelco cuando la vio a través de la bruma. El helicóptero estaba arriba, podían salvarse, pero Ellie apenas podía aferrarse al salvavidas. No tenían tiempo, no podía esperar a que bajara la ayuda. Ellie no tenía ese tiempo.

El pensar que podía perderla fue lo que le dio el impulso para ir hacia ella y alcanzarla en cuestión de segundos. Estaba medio inconsciente y la corriente tiraba de ella. Era una batalla del viento y la lluvia contra los instintos de supervivencia, pero por fin logró llevarla hacia sí y llegar hasta el bote hinchable.

Cuando la tendió en la cubierta, ella comenzó a toser; litros de agua de mar salían por su boca, pero no importaba porque Alexander estaba a salvo y estaba allí, con ella.

El bote se sacudía con fuerza cuando él alargó el brazo para tomar la cuerda que los hombres habían lanzado desde arriba. No le resultaba fácil, a pesar de tener los pies apoyados. Ella se alzó como pudo para ayudarlo, pero cuando Alexander se giró para impedírselo ya fue demasiado tarde. Ellie había colado el pie en la lazada de la cuerda y, antes de que él pudiera salvarla, una ola atrapó la cuerda y la arrastró con ella al mar.

El primer impulso de Alexander fue lanzarse al

agua para rescatarla, pero si lo hacía la mataría. Antes tenía que encontrar un cuchillo para cortar la cuerda. Lo encontró en el compartimento de seguridad; era lo suficientemente afilado para destripar pescado, le serviría. Con él en la mano, arremetió contra la cuerda. No iba a dejar que Ellie se ahogara en el mismo lugar donde lo hizo su padre.

Capítulo 14

ELLIE despertó desorientada con la cabeza recubierta de algodón. Le llevó un tiempo darse cuenta de dónde estaba. Veía una luz blanca, ropa blanca y notaba el inconfundible olor del desinfectante... tenía que estar en el hospital.

Sí, estaba tendida en la cama de un hospital. Pero había otro olor allí, uno mucho más agradable que el anterior: rosas. La habitación estaba llena de rosas.

–Bienvenida –le dijo sonriente una enfermera.

–¿Cuánto llevo dormida?

–Unas veinticuatro horas.

–¡Veinticuatro horas! ¿Y Alexander?

–No te preocupes, está bien.

–¿Pero dónde está? Quiero verlo.

–Iré a decirle al doctor que estás despierta.

–¡No, por favor! ¡Espera! ¿Dónde está?

–*Kirie* Kosta se dio el alta del hospital ayer. Está bien y tú tuviste suerte de que estuviera allí para salvarte.

Ella también pidió el alta ese mismo día. El médico intentó convencerla para que se quedara, pero su esfuerzo fue inútil.

Gracias a él supo que Alexander había corrido con

los gastos de su habitación privada y que había insistido en quedarse sentado a su lado hasta que le aseguraran que se encontraba fuera de peligro.

–¿Mencionó adónde iba cuando se marchó del hospital?

–¿Al barco? –el médico no parecía estar seguro.

–Claro... –allí estaría, en el Olympus, donde seguiría con su vida como si no se hubieran conocido nunca.

Escuchó en silencio lo que Kiria Theodopulos le estaba contando. Ahora entendía muchas más cosas. La zona que rodeaba el lugar de descanso del difunto padre de Ellie sería respetado y quedaría marcado con una placa conmemorativa. Todo el mundo sabría que aquél era un lugar especial donde un hombre especial había dado su vida por salvar la de un amigo.

Se levantó del banco enfrente del muelle donde las señoras mayores se reunían cada día.

–*Efharistó*... Gracias, Kiria –le dijo agachando la cabeza como muestra de respeto.

–*Parakaló*, *kirie* Kosta –respondió la mujer.

El corazón de Ellie comenzó a latir con fuerza cuando el autobús local dobló la última esquina. Su barco era su hogar y su santuario, y nunca se había sentido más aliviada ante la idea de regresar a él. En los últimos días había cometido muchos errores que casi le habían costado la vida a Alexander. Necesitaba tiempo a solas para pensar en todos los problemas que había ocasionado.

Cuando estando aún en el autobús miró hacia el puerto, vio banderines y a la mitad de la población de Lefkis abarrotando la plaza adoquinada delante del muelle. Agarró una pequeña bolsa que contenía sus pertenencias personales y corrió a la parte delantera del autobús.

–Eres nuestra heroína –le dijo el conductor.

–Claro que no.

–Todos están esperando para verte.

Y en ese momento todo el mundo en el autobús comenzó a aplaudir,

–No, no, estáis equivocados –insistió sintiendo cómo se ruborizaba.

Tenía que ser un malentendido. Ella no era ninguna heroína. Cuando bajó del autobús corrió hacia el muelle rodeada de ovaciones que intentó ignorar. No las merecía.

Respiró aliviada al llegar a la pasarela de su barco.

–No tan deprisa.

–¡Alexander! ¡Gracias a Dios que estás bien! –no lo pensó y se lanzó a sus brazos.

–Ellie.

–Alexander –dijo más calmada mientras se apartaba.

–Será mejor que vengas conmigo. El alcalde te está esperando.

–¿A mí? ¿Por qué?

–No recuerdas nada del accidente, ¿verdad?

–Demasiado –respondió, evitando su mirada–. ¿Por qué está aquí todo el mundo?

–Creen que eres una heroína. Ha venido gente de todas partes de la isla.

–Pues eso es una tontería. ¿Por qué piensan eso?

–Porque si no hubieras detenido tu bote en el mar todas las lanchas me habrían seguido y habrían chocado contra las rocas. Salvaste a esa gente. Salvaste sus vidas.

–¿Sí?

–Sí. Y como reconocimiento quiero pedirte delante de todos ellos que formes parte de los comités que se ocupen del bienestar de esta isla. No quiero que el día de ayer se repita.

Podía ver que estaba hablando en serio, pero también sabía que a partir de ese momento ya sólo lo vería en esas reuniones.

–Ellie… Ellie, todo el mundo está esperando que digas algo.

–Lo siento –se centró y dio un discurso sobre los buenos deseos que tenía para el futuro de la isla ahora que Alexander llevaba el timón.

–Bien –dijo él irónicamente–. Veo que he superado todas las pruebas que me has puesto –y a continuación volvió a pensar únicamente en protegerla–. Ahora voy a dejarte. Necesitas descansar.

–¿Descansar? Pero si he dormido un día entero. No tienes que preocuparte por mí.

–A lo mejor quiero hacerlo –dijo Alexander.

Ellie tuvo la precaución de no hacerse ilusiones con esas palabras. Le bastaba con tener a Alexander a su lado, sano y salvo.

Cuando acabaron los discursos, tenía las manos cargadas de flores.

–No me merezco esto.

–Pues aún no ha acabado. Le dije al alcalde que abrirías el baile.

–Me temo que así no puedo hacer buena publicidad de las mujeres de la isla –dijo mirando la ropa que llevaba: una camiseta de la fundación benéfica del hospital y los vaqueros desteñidos de alguien.

–Deja que yo decida eso.

–¿Vas a bailar conmigo?

Alexander la arrastró a la pista de baile provisional que habían instalado. Comenzaron a bailar el vals que los mayores de la isla habían elegido para abrir el baile. Ella se fue relajando al compás de la música y olvidó todas sus preocupaciones. Bailar tan cerca de Alexander era algo mágico.

–¿Estás segura de que no estás cansada para esto?

–No estoy nada cansada –insistió.

–En ese caso tengo que sacarte de aquí lo antes posible…

–¿Alexander? ¿Adónde me llevas? –le preguntó mientras la sacaba de la pista.

–Todo el mundo lo entenderá si nos marchamos antes de la fiesta.

–De verdad, Alexander, preferiría quedarme aquí.

–Bueno, pues yo no quiero.

Una vez a bordo del Olympus Alexander pidió champán.

–Creo que nos merecemos una pequeña celebración privada, ¿no te parece, Ellie? Nos llevaremos la bebida a cubierta –le dijo al camarero.

Ellie se relajó.

–No recuerdo nada sobre el accidente –admitió cuando brindaron.

–Es normal –le respondió–. Salvaste la vida de mucha gente y ellos no lo olvidarán. Estás siguiendo los pasos de tu padre.

–No, eso no lo haré nunca.

Un día la llevaría a ver la placa...

–Gracias.

–¿Gracias por qué? –preguntó ella.

–Por ser Ellie Mendoras.

Ella dejó la copa.

–¿Te parece que nos olvidemos del champán?

–¿Y qué hacemos entonces?

–Espera y verás.

–¿Sueltas amarras o lo hago yo? –preguntó Alex cuando llegaron al barco pesquero de Ellie.

–¿No crees que primero debería saber adónde vamos?

–No.

Lo cierto era que no importaba dónde fueran siempre que estuvieran juntos, pensó Ellie.

–Yo llevo el timón –dijo ella.

Habían estado navegando durante aproximadamente una hora y se dirigían hacia una pequeña isla deshabitada.

–Pronto echaremos ancla –dijo Alexander.

–Sí, mi capitán.

–¿Así que admites que estoy al mando?

–De eso nada –le dijo quitándole la mano del timón con una sonrisa–. ¿Dónde quieres que vire el barco?

–Ellie, has cambiado mucho. Apenas te reconozco.

–Una buena sesión de sueño puede tener algo que ver con eso.

Alexander no hizo ningún comentario, pero Ellie sentía que estaba feliz. Ambos lo estaban.

Capítulo 15

LA LLEVÓ en brazos a la orilla.

—¿Así que hoy sí que confías en mí?

—Confío en ti todos los días —admitió impulsivamente.

Compartieron un improvisado picnic en la playa, usando ingredientes sueltos que habían encontrado en la nevera de Ellie y en uno de los armarios. No era ni mucho menos el festín propio de un multimillonario, pero Alexander parecía muy contento. Sí, confiaba en él, pensaba Ellie mientras charlaban.

La luz se había suavizado hasta adquirir un ligero tono ámbar que lo bañaba todo de un brillo cálido, color miel. No podía haber sido más romántico.

—Kiria Theodopulos me dio a entender que había algo que te preocupaba. Es una amiga leal, se negó a traicionar tu confianza a pesar de que insistí en que me lo contara.

—¿Eso hiciste?

—Bueno, es que tú me evades cada vez que te pregunto algo personal. Y hay cosas que debería saber.

—¿Por qué?

—Porque necesito entenderte y eso es esencial si vamos a trabajar juntos, ¿no crees?

—¿Me estás pidiendo opinión, Alexander? No, me parece que no.

Pensó que tal vez Alexander la había llevado allí para interrogarla y supuso que lo mejor sería desviar el tema.

—¿Puedes abrir la botella de vino o lo hago yo?

—Dame —murmuró Alexander alargando la mano.

La atmósfera se calmó mientras disfrutaron de aquella simple pero deliciosa comida. Estaban relajados sobre la arena cuando una ola los alcanzó; Ellie seguía riéndose cuando se puso de pie, empapada. Alexander corrió a recuperar una vieja bolsa de tela que ella siempre llevaba en el barco y donde guardaba la loción solar y demás parafernalia para la playa.

—¿Qué es esto?

A Ellie se le encogió el estómago al ver lo que Alexander le estaba mostrando.

—Te he hecho una pregunta. ¿Por qué llevas un spray de defensa personal en tu bolsa? ¿Es que no te fías de mí?

—Claro que sí.

—Pues no lo parece.

—Alexander, por favor. Siempre lo llevo en el bolso.

—¿Desde cuándo exactamente?

—Alexander…

—¿No me presiones? ¿Es eso lo que vas a decirme, Ellie? ¿Qué me estás ocultando? —tiró el bote junto con la bolsa al suelo—. ¿Vas a decírmelo?

—Por favor, no me obligues a hacer esto.

—¿Para que puedas esconderte para siempre? Mira, no puedo obligarte a hacer nada —dijo exasperado.

Entonces ella, con un susurro comenzó a admitir la verdad.

—No he sido sincera del todo contigo.

—Creo que de eso ya me he dado cuenta yo solo.

–No…

–¿No qué? ¿Que no te compare con mi mujer?

Lo miró con expresión lívida.

–Yo no soy como tu mujer. No soy como ella.

–Le vendiste tu alma a un hombre mayor.

Lo dijo. No pudo evitarlo. ¿Es que esa amargura no lo abandonaría nunca? ¿Siempre saldría ganando Demetrios Lindos? La vio darse la vuelta y se sintió mal. Estaba castigando a Ellie por algo que un hombre había hecho años atrás.

–Quiero ayudarte, Ellie, pero no me dejas.

–No necesito tu ayuda. Nunca la he necesitado.

–No te pongas tan a la defensiva. Si no quieres mi ayuda…

–Sinceramente, Alexander. No la necesito. Y pienses lo que pienses, nadie puede comprarme.

–No creo que el hombre que te hizo eso piense lo mismo.

Se quedó pálida.

–¿Quién te ha dicho eso?

–En esta isla hay gente con menos principios que Kiria Theodopulos. Harías bien en recordarlo, Ellie.

–¿Crees que no lo sé?

–Recuérdame algo, ¿cuál era tu excusa para acostarte con él?

–Yo nunca me acosté con el hombre que me hizo esto.

–¡Me dijiste que sí! ¿Cómo puedes mentirme ahora?

–Porque es la verdad –insistió Ellie sin dejar de mirarlo–. Te dije que no era virgen y no lo soy. Te dije que tuve una relación sexual con un hombre, pero yo nunca me fui a la cama con él.

–¿Se supone que con eso me tengo que sentir mejor? ¿Dónde lo hicisteis? ¿En su despacho? ¿En el suelo?

—¡Alexander! Fue en su despacho.

—¿Y te pagó?

—¡Por supuesto que no!

—¿Entonces chasqueó los dedos y tú fuiste corriendo? ¿Cómo pasó? Cuéntame lo que pasó.

—¡Me violó, Alexander! —le gritó.

—¿Qué has dicho?

—Me mandó llamar. Dijo que quería hablar conmigo sobre un monumento para mi padre. Confiaba en él. Jamás se lo he contado a nadie… —los ojos se le llenaron de lágrimas.

—Continúa —le dijo Alexander con ternura.

—No puedo contarte nada más porque me desmayé. Sólo sé que lo que me pasó fue lo más horrible que…

—Ellie —no le dijo nada más. Se limitó a rodearla por los hombros y la llevó a un sitio donde pudieran sentarse de cara al mar.

—Habíamos hablado del monumento y estaba a punto de marcharme cuando…

Él no la presionó para que continuara.

—Esperaba que llamara a alguien del servicio para que me acompañara a la puerta, pero en lugar de eso se levantó de la silla y me tiró sobre el sofá. Tenía el puro en la mano y yo estaba intentando evitarlo… y evitarlo a él. Tenía las manos por todo mi cuerpo. No podía moverme, no podía respirar… No podía detenerlo, Alexander…

La rodeó con los brazos y la abrazó.

—Cuando terminó —dijo contra su pecho—, yo estaba histérica. No podía creer lo que había pasado. Él se enfadó y me dijo que me callara. Dijo que debería estarle agradecida, que debería haber disfrutado... que debería sentirme honrada porque había sido él el que me había quitado la virginidad. Y como no dejé de llorar, apagó el puro sobre mi mejilla.

Alexander sentía ganas de llorar. Tenerla entre sus brazos era como estar consolando a una pequeña niña herida. Pero no quería ver a Ellie como a su hermana pequeña; quería mucho más que eso.

–Me dijo que ningún hombre me querría. ¿Eso es así, verdad Alex? Lo que me dijo es verdad...

–¡No! –exclamó, y le apartó la mano de la cicatriz–. Lo que llevas dentro es lo que importa y eso que lo que yo adoro. Te quiero, Ellie. No soy nada sin ti y te esperaré todo el tiempo que haga falta.

–Alexander... yo también te quiero.

Se quedaron mirándose por un momento hasta que él la besó con ternura en la boca. Sí. La esperaría una eternidad si era necesario.

Capítulo 16

PASARON seis meses antes de la boda.

Ellie y Alexander habían decidido que lo que realmente necesitaban para hacer de su día un día
especial era espumillón y luces centelleantes. ¿Y dónde
mejor que una ciudad en Navidad? Eligieron Londres.
La mágica boda navideña de Ellie iba a celebrarse en
uno de los mejores hoteles de la capital.

Cada día durante esos seis meses Alexander había
cortejado a Ellie bajo la atenta mirada de Kiria Theodopulos. Para Ellie, ese noviazgo debió de batir ré-
cords por ser el periodo de castidad más largo que una
futura esposa se había visto obligada a soportar. Por
eso, mientras Kiria la ayudaba a ponerse su vestido de
novia, tenía los nervios a flor de piel.

Sólo podía pensar en una cosa: Alexander. A medida que la boda se fue acercando, se había puesto
más guapo y mucho más atractivo. Disfrutaba mucho
provocándola, pero cada vez que Ellie pensaba que
podrían evadir a Kiria y darse el capricho de ciertas
investigaciones prematrimoniales, él la llevaba de
vuelta con la anciana.

Bueno, al menos su vestido de novia era perfecto,
parecía sacado de un cuento de hadas. Salpicado con
diminutas joyas que bailaban bajo la luz, se ceñía en
su cintura y caía al suelo formando olas de gasa de

seda blanca. Tenía una larga cola y, para que no pasara frío, le habían confeccionado una capa de terciopelo para llevar encima. Había dejado atrás las chanclas de playa y ahora llevaba unos delicados zapatos de pedrería. Recorrería los pocos pasos que la separaban de la capilla sobre una alfombra roja instalada por el hotel para la ocasión.

Se sentía exactamente como Cenicienta. Bueno, menos por la cicatriz en la mejilla. Pero eso ya no le importaba; no era más que una marca. Alexander se había ofrecido a pagar al mejor cirujano plástico si ése era su deseo, pero ella le había dicho que esperaría hasta hacerse su primer *lifting* facial y así pediría un descuento.

Durante los últimos seis meses habían aprendido a relajarse y a reír, y juntos habían encontrado un modo de dejar el pasado atrás. Con una excepción: el monumento conmemorativo que Alexander había erigido en la entrada del canal donde su padre había muerto. La inscripción decía: *A todos los valientes marineros que han perdido sus vidas en aguas peligrosas*. Pero la estatua tenía el rostro de Iannis Mendoras.

—¡Lista! —dijo el modisto admirando su trabajo—. ¿Qué te parece?

¿Que qué le parecía? Era algo muy distinto de su atuendo habitual. La hacía voluptuosa y con el pelo caoba cayéndole sobre los hombros se veía casi hermosa.

¿Le gustaría a Alexander? ¿Pensaría que había exagerado al elegir ese vestido? Tal vez no. Tal vez la echaría sobre la cama y le haría el amor sin perder tiempo. Eso esperaba...

Estaba segura de que él había disfrutado sometién-

dola a un periodo prolongado de castidad. Ellie no podía recordar cuándo había pasado de temer al sexo a
estar obsesionada con él a cada momento. Ahora sólo
le quedaba esperar que la ceremonia fuera rápida... y
el banquete todavía más.

Cuando agarró el ramo de rosas rojas, el diamante
sobre el dedo anular de Ellie resplandeció y eso le recordó algo que Alexander le había dicho: el proceso
durante el cual se unirían para vivir juntos cosas mara-
villosas debía empezar con un fabuloso anillo.

Sonrió al recordar lo ingenua que había sido
cuando él le había entregado un joyero de cristal que
contenía una piedrecita en su interior. Apenas había
sido capaz de ocultar su decepción, pero por lo menos
había sido educada y le había dado las gracias a pesar
de no dejar de preguntarse qué demonios iba a hacer
ella con ese regalo.

–Te sugiero que la lleves a que la pulan –le había
dicho Alexander–, y entonces verás que se convierte
en un precioso anillo de diamante.

Sólo a él podía ocurrírsele regalarle un diamante sin
pulir como regalo de compromiso. Pero ese regalo había sido especial y único. Y esperaba que él pensara lo
mismo cuando le entregó como regalo los documentos
de propiedad de su barco pesquero. Era lo único que
podía darle, además de ser su más preciada posesión,
pero había visto la cara de Alexander mientras nave-
gaba en él y era una mirada que no había visto desde la
última vez que su padre había tomado el timón.

–¿Lista? –le preguntó la anciana–. Debemos irnos.

Junto a un tradicional pañuelo negro que cubría su
cabello gris, la mujer llevaba una falda maravillosa-
mente bordada a la altura de los pies y una chaqueta

de terciopelo rojo. Su camisa blanca estaba adornada con encaje y sobre la falda llevaba un mandil bordado en negro y oro.

–Estás preciosa –le dijo Ellie sonriendo.

–Tú también –le respondió su amiga estrechándole las manos.

Alexander insistió en llevarla en brazos para atravesar el umbral de la suite presidencial.

–Será sólo una noche. Luego volaremos hasta Lefkis y desde allí iremos en el Olympus a cualquier parte del mundo que quieras.

–Con tal de estar contigo no me importaría quedarme en el muelle.

Cuando la dejó en el suelo, ella le dijo:

–Aún no puedes bajarme, es demasiado pronto.

–¿Y eso por qué? –murmuró llevándola hacia él.

–Porque aún no estamos en el dormitorio.

Alexander volvió a tomarla en brazos, abrió la puerta del dormitorio de una patada, cruzó la magnífica habitación y la tumbó en la cama.

–¿Quieres que te ayude a desvestirte?

–Más te vale...

–¿Empiezo con los zapatos?

–Con tal de que no te pares ahí...

–Sólo por esta noche, tus deseos serán órdenes para mí.

–Entonces intentaré aprovecharme –apoyó las manos y extendió un pie. Alexander estaba increíble allí, arrodillado. Ese traje realzaba más todavía su masculinidad.

Él apartó los zapatos y se quitó la chaqueta.

—¿No te vas a quitar la camisa?

—Paciencia... primero tus medias.

Ellie tembló de deseo cuando él soltó las medias del liguero. Tan cerca y aun así tan lejos...

En ese momento se quitó la camisa.

—Ahora vas a recibir tu recompensa por haber estado esperando tanto tiempo.

—¿Sí?

—Te lo prometo.

—Pero no tardes mucho —dijo Ellie con la voz entrecortada cuando él la giró para desabrocharle los diminutos botones de la parte trasera del vestido—. ¿No puedes arrancarlos?

—¿Y estropear la obra del diseñador? No.

Cuando ella ya no llevaba más que la ropa interior, él se quitó el cinturón. La tendió sobre la cama y comenzó a acariciarla, aunque no hizo intención de seguir desnudándola.

—Alexander, me estás poniendo nerviosa...

—¿Preferirías relajarte? Puedo ir a dar un paseo...

—¡No, no puedes! No vas a decepcionarme ahora.

—Eso espero.

Para entonces Ellie ya temblaba de un modo incontrolable.

—¿Tienes frío?

—¿Frío? No —todo lo contrario. Estaba ardiendo y él lo sabía muy bien. ¿Cómo podía hacerla esperar tanto?

Alexander sonrió. Sabía que la estaba haciendo sufrir un tormento.

Se arrodilló, le besó el vientre y le agarró las caderas. Pero antes de continuar, comenzó a quitarse los pantalones.

–Déjame a mí –Ellie se tomó su tiempo mientras desabrochaba los botones. Después, lo desnudó por completo.

–Paciencia –le dijo él.

–No, ya he esperado demasiado. No me hagas esperar más, Alexander.

Se echó sobre Ellie y la besó con la intensidad que ella tanto deseaba. La besó en la boca, en el cuello y en los pechos.

Ella se quitó el sujetador, pero cuando intentó quitarse las braguitas, él la detuvo.

–Yo pongo las reglas, yo marco el camino.

–Si insistes –asintió Ellie moviéndose sinuosamente bajo él–. Pero ¿no podrías...?

–No –le susurró mientras la besaba en la boca–. Debes esperar.

–No quiero esperar –aunque después de que Alexander la desnudara por completo y comenzara a besar sus turgentes nalgas, tuvo que admitir que ese juego tampoco estaba mal. A continuación él puso toda su atención en la parte alta de sus muslos y en la parte trasera de las rodillas. Ella respiraba entrecortadamente aferrada a la almohada. No había ni una sola parte de su cuerpo que no lo estuviera deseando. Justo lo que él había estado planeando esos seis meses–. No creo que pueda soportar esto. Me has convertido en una adicta al sexo –protestó.

–Estás de suerte porque tengo una cura para ello.

–¿Sí?

Cuando la tendió boca arriba, ella supo que había llegado el momento. Separó las piernas para dejarlo moverse entre sus muslos.

–No me provoques más, Alexander. Te deseo –insistió con la voz quebrada.

–Y yo no puedo negarte nada.

La rozó ligeramente para producirle una pequeña y placentera sensación. Ellie tuvo que suplicarle para que se adentrara en ella. Y lo hizo, pero se retiró enseguida. Aun así lo que experimentó no podía compararse con nada que hubiera sentido antes... Nada.

–¿Te hago daño?

–En absoluto –insistió. Si se detenía en ese momento, se volvería loca.

Alexander la tomó lentamente, consciente de su gran tamaño. La llenó por completo, masajeándola en su interior.

–¿Está bien así?

–No pares –logró decirle entre gemidos. Se estaba moviendo con él, respondiendo a su ritmo y clavándole los dedos en los hombros mientras le indicaba que se moviera más deprisa, con más fuerza y que nunca, nunca se detuviera.

Alexander la llevó al clímax una y otra vez. La vio contonearse de satisfacción hasta que cayó dormida en sus brazos.

Cuando despertó más tarde, Ellie pensó que habría perdido el conocimiento bien por el extremo placer que sintió o bien por el cansancio. Se sentía a salvo en los brazos de Alexander, que la estaba besando.

–Hasta que te conocí había perdido toda esperanza de tener una vida normal.

–Bueno conmigo dudo que vaya a ser muy normal...

–Te estoy hablando del amor, de la familia, de tener hijos.

–Cada cosa a su tiempo.

–¿Qué quieres decir?

–Amor... –la besó–. Familia... –le besó la mano en la que llevaba el anillo de boda–. Hijos...

Volvió a hacerle el amor. Ellie desconocía que tanto placer fuera posible.

Momentos después, Alexander le dijo:

–Oh, casi lo olvido...

–¿Qué? –preguntó Ellie mientras él se agachaba para sacar algo de debajo de la cama.

–Una chica de Lefkis me dio este regalo para ti. Me dijo que te deseara una feliz Navidad.

–¿Para mí? ¿Qué es?

–No lo sé. ¿Por qué no lo abres y lo vemos?

Cuando Ellie abrió el pequeño paquete, exclamó emocionada:

–¡La cadena de oro de mi madre! ¡Me la ha devuelto, Alexander! Pero... ¿por qué...?

La besó.

–A lo mejor porque quiere que seas feliz, Ellie. Y yo también lo quiero. Feliz Navidad, cielo.

–¿Más regalos? –preguntó mirando el sobre que Alexander le tendía.

–Venga, ábrelo.

–¿Me estás regalando una isla?

–Media isla. Compartirás las responsabilidades de Lefkis conmigo. ¿No quieres?

–Yo... es sólo que... –estaba atónita ante la extrema generosidad de su marido y ante el hecho de que confiara tanto en ella.

–Ahora ya podrás formar parte de todos los comités que quieras. Bueno, ¿qué opinas?

–¿Estás seguro?

—Nunca he estado tan seguro en mi vida. Al menos así ahora tendrás voz —le sonrió.

—¿Voy a tener tiempo para todo esto? —murmuró Ellie, que ya había comenzado a hacer planes.

Tras quitarle la carta de las manos, Alexander volvió a tenderla sobre la cama.

—No demasiado..., pero sí el suficiente.

—En ese caso —dijo respirando entrecortadamente—, acepto.

Bianca™

**Una amante embarazada…
¿Habría matrimonio de conveniencia?**

En cuanto se enteró de que la diseñadora de interiores Tamsin Stewart le había echado el lazo a su anciano amigo, el sexy y arrogante empresario Bruno Di Cesare decidió encargarse de aquella cazafortunas inmediatamente. Lo que no imaginaba era que la impresionante rubia despertara en él tanta curiosidad… y tanto deseo. Así que la contrató para que trabajara en su villa de La Toscana.

Una mujer realista y honesta como Tamsin jamás habría imaginado que se enamoraría de un millonario italiano. Después de un duro divorcio, Tamsin sabía que Bruno no era el hombre perfecto y sin embargo no pudo resistirse a él. Justo cuando decidió que debía abandonarlo para que no le rompiera el corazón, descubrió que estaba embarazada…

Luna de miel en Italia

Chantelle Shaw

Acepte 2 de nuestras mejores novelas de amor GRATIS

¡Y reciba un regalo sorpresa!

Oferta especial de tiempo limitado

Rellene el cupón y envíelo a
Harlequin Reader Service®
3010 Walden Ave.
P.O. Box 1867
Buffalo, N.Y. 14240-1867

¡Sí! Por favor, envíenme 2 novelas de amor de Harlequin (1 Bianca® y 1 Deseo®) gratis, más el regalo sorpresa. Luego remítanme 4 novelas nuevas todos los meses, las cuales recibiré mucho antes de que aparezcan en librerías, y factúrenme al bajo precio de $3,24 cada una, más $0,25 por envío e impuesto de ventas, si corresponde*. Este es el precio total, y es un ahorro de casi el 20% sobre el precio de portada. !Una oferta excelente! Entiendo que el hecho de aceptar estos libros y el regalo no me obliga en forma alguna a la compra de libros adicionales. Y también que puedo devolver cualquier envío y cancelar en cualquier momento. Aún si decido no comprar ningún otro libro de Harlequin, los 2 libros gratis y el regalo sorpresa son míos para siempre.

416 LBN DU7N

Nombre y apellido	(Por favor, letra de molde)

Dirección	Apartamento No.

Ciudad	Estado	Zona postal

Esta oferta se limita a un pedido por hogar y no está disponible para los subscriptores actuales de Deseo® y Bianca®.
*Los términos y precios quedan sujetos a cambios sin aviso previo.
Impuestos de ventas aplican en N.Y.

SPN-03

©2003 Harlequin Enterprises Limited

Los besos del príncipe
Nicola Marsh

El príncipe Samman se estaba quedando sin tiempo. Para poder ser coronado rey, debía casarse, pero ya había rechazado a todas las posibles candidatas. De pronto se quedó cautivado por unos ojos de color miel… y eligió a Bria como futura esposa.

Bria Green era una mujer inteligente, independiente y moderna. Por eso, cuando Samman le dijo que en menos de una semana conseguiría que aceptara su proposición, Bria pensó que el poderoso príncipe jamás se saldría con la suya.

Quizá sus besos sirvieran para hacerle cambiar de opinión…

Deseo™

Una semana para el placer

Joan Hohl

La enfermera Becca Jameson había
pasado varios meses trabajando codo
con codo con el doctor Seth Andrews
en un pequeño hospital africano, con
falta de personal y de fondos. No había podido evitar enamorarse de
Seth, un hombre muy atractivo y un
médico brillante.

Ahora, de vuelta en Filadelfia, él tenía
la arrogancia de proponerle una breve aventura sin ataduras. ¿Cómo se
atrevía? Y, lo peor, ¿cómo podría re-
chazarlo ella?

**Una semana de placer
sin ningún tipo de compromiso...**